KB115169

FANTASTIC ORIENTAL HEROES

임영기 新무협 판타지 소설

등룡기 1

임영기 新무협 판타지 소설

초판 1쇄 찍은 날 § 2014년 4월 21일
초판 1쇄 펴낸 날 § 2014년 4월 28일

지은이 § 임영기
펴낸이 § 서경석

편집부장 § 권태완
편집책임 § 박가연

펴낸곳 § 도서출판 청어람
등록번호 § 제387-1999-000006호
등록일자 § 1999. 5. 31
어람번호 § 제2-2484호

주소 § 경기도 부천시 원미구 부일로 483번길 40 서경B/D 3F (우) 420-822
전화 § 032-656-4452팩스 § 032-656-4453
http://www.chungeoram.com
E-mail § chungeorambook@daum.net

ISBN 979-11-5681-983-7 04810
ISBN 979-11-5681-982-0 (세트)

騰龍記
등룡기
FANTASTIC ORIENTAL HEROES
임영기 新무협 판타지 소설
1
무진장(無盡藏)

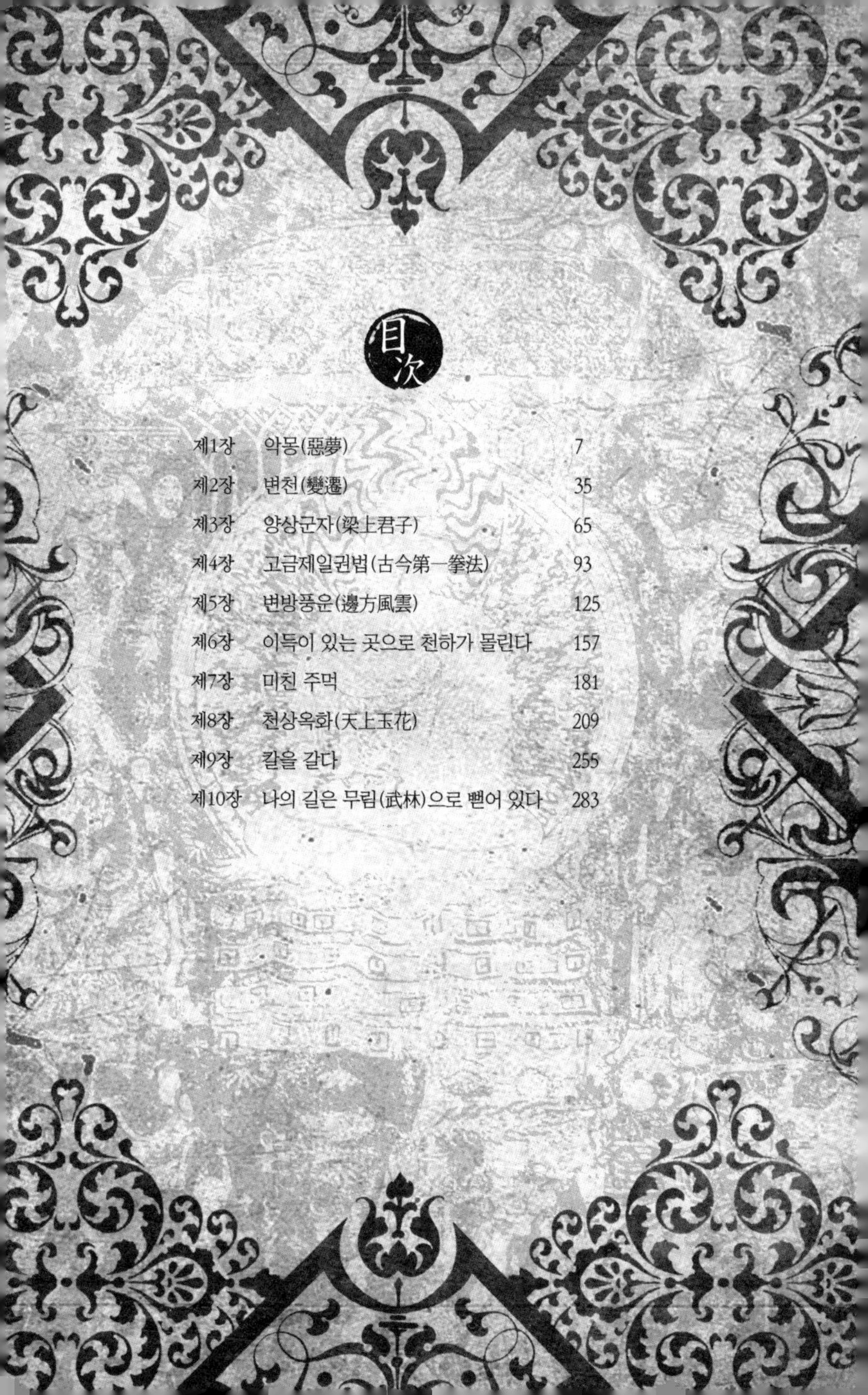

目次

제1장	악몽(惡夢)	7
제2장	변천(變遷)	35
제3장	양상군자(梁上君子)	65
제4장	고금제일권법(古今第一拳法)	93
제5장	변방풍운(邊方風雲)	125
제6장	이득이 있는 곳으로 천하가 몰린다	157
제7장	미친 주먹	181
제8장	천상옥화(天上玉花)	209
제9장	칼을 갈다	255
제10장	나의 길은 무림(武林)으로 뻗어 있다	283

第一章

악몽(惡夢)

휘익!

한겨울 자정이 지난 캄캄한 밤에 묵직한 물체 하나가 매란교(梅蘭橋) 다리 위에서 강물로 던져졌다.

퍽!

그것은 하나의 큼직한 자루인데 던져지자마자 수면에 얇게 언 살얼음을 뚫고는 시커먼 강물 속으로 가라앉으며 자취를 감추었다.

다리 위에는 두 필의 말이 멈춰 있고 마상에는 어깨에 검을 멘 장한이 타고 있는데, 자신들이 던진 자루가 얼음 구멍 아래 강물 속으로 가라앉는 광경을 물끄러미 지켜보다가 잠시 후에 그 자리를 떠났다.

다각다각…….

자루는 얼음 아래에서 물살을 따라 하류로 흘러가면서 동시에 점점 깊이 가라앉았다.

산서성(山西省)의 성도 태원(太原)을 북에서 남으로 가로질러 흐르는 분수(汾水)는 수심이 매우 깊다.

물속으로 잠겨들어 흘러가면서 동시에 가라앉고 있는 자루는 두 가지 변화를 일으키고 있는데, 조금씩 꿈틀거리고 있으며 또한 새빨간 핏물이 흘러나왔다.

꿈틀거린다는 것은 자루 안에 살아 있는 생명체가 들어 있으며 다쳤다는 뜻이다.

자루 속에 구겨져 있는 것은 사람이며 도무탄(途武彈)이라는 이름을 갖고 있는 태원 최고 갑부인 사내다. 현재 그는 몸의 세 군데를 칼에 깊숙이 찔린 상태다.

침상에서 자고 있는 그를 칼로 마구 찌른 괴한들은 그가 죽은 줄 알고 커다란 자루에 몇 개의 무거운 돌과 함께 담아서 이곳 강으로 가지고 와서 던졌다.

그렇게 하는 것이 시체를 산이나 숲에 버리거나 땅을 파고 묻는 것보다 훨씬 손쉽고도 흔적을 남기지 않는 시체 처리 방법이다.

분수 한가운데의 평균 수심은 십 장이 넘고 깊은 곳은 무려 십오 장에 이른다.

거기에 시체와 함께 무거운 돌을 담은 자루를 던졌으니까 이듬해 늦봄이나 여름쯤 자루가 저절로 삭아서 터지기 전에는 시체가 떠오르지 않을 것이다.

그때쯤 되면 자루는 이곳에서 수백 리 하류에 흘러가 있을 것이고, 또 물에 퉁퉁 불어터진 시체는 형체가 온전히 남아 있지도 않다.

더구나 분수의 극성스러운 물고기, 특히 시체를 좋아하는 메기나 장어, 거북이, 자라 떼가 탐스러운 먹이를 그대로 내버려 두지 않을 터이다.

그러니까 시체를 자루에 돌과 함께 담아서 분수에 버리는 것은 완벽한 소멸(消滅)을 뜻한다.

도무탄은 세 번째 칼에 찔렸을 때부터 죽은 체했다. 다행히 괴한들은 그를 더 이상 찌르지 않고 자루에 돌과 함께 담아 이곳 분수로 갖고 왔으며 그동안 도무탄은 시체처럼 꼼짝도 하지 않았다.

도무탄은 괴한들이 자신을 자루에 담는 것을 보고 분수에 버릴 것이라 예상했었다.

태원에서 십여 년 동안 밑바닥에서부터 꼭대기까지 해보지 않은 것 없이 악착스럽게 살아온 그로서는 태원에 관해서라면 모르는 것이 없다.

좀 과장하면 누구네 집에 젓가락이 몇 벌이고 누구네 부부가 한 달에 정사를 몇 번이나 한다더라, 라는 것까지 알고 있을 정도다.

그러니 세상에 알려지기를 원하지 않는 시체가 분수, 특히 이곳 매란교에서 강으로 투기(投棄)될 것이라고 짐작하는 것은 어렵지 않은 일이다.

그래서 자신이 분수에 버려지고 혼자가 되면 그때 비로소 몸을 움직여 자루를 열고 나가리라 마음먹었었다.

문제는 강에 버려진 이후에 몸이 제대로 움직여 줘서 자루를 찢고 헤엄을 쳐서 강물 위로 솟구쳐 나올 수 있을 것인가 하는 것이다.

강물에 던져지기 전까지 도무탄은 칼에 찔린 가슴, 복부, 허벅지의 고통이 극심했었다.

그런데 강물에 던져지는 순간 그 고통이 거짓말처럼 순식간에 사라졌다. 차디찬 강물이 뼛속까지 얼려 버릴 정도였기 때문이다.

'으으… 이러다가는 빠져나가기 전에 얼어 죽겠다…….'

도무탄은 어떻게든 자루에서 벗어나려고 필사적으로 몸부림쳤지만 온몸이 꽁꽁 얼어서 뜻대로 되지 않았다. 더구나 새우처럼 몸이 구부러져 입이 발가락에 닿아 있는 자세라서 뭘 어떻게 해볼 재간이 없었다.

온몸이 얼음처럼 꽁꽁 얼어가고 숨이 막히기 시작할 때쯤 그는 한 가지 사실을 깨달았다.

그는 자신이 죽은 체 연기를 한 것이 괴한들을 제대로 속였다고 생각했었는데 이제 보니 그것은 착각이었다. 괴한들은 알면서도 그가 죽었는지 제대로 확인을 하지 않았으며 거기에는 그럴 만한 이유가 있었다.

한겨울 차디찬 강물에 시체를 돌과 함께 자루에 담아서 던지면 절대로 빠져나올 수 없을 것이기 때문이다.

'이대로 죽으면 너무 억울하잖은가…….'

죽음이 목전에 이르면 누구라도 살기 위해서 발버둥을 치겠지만 도무탄은 그럴 이유가 남들보다 백배 천배는 더 많았다. 이대로 죽는다면 정말 억울하다.

그는 똥구멍이 찢어질 정도로 가난한 집이 싫어서 겨우 아홉 살 때 무작정 가출하여 돈과 사람들이 흥청거리는 대도(大都)인 이곳 태원으로 흘러들어 왔었다.

하루에 한 끼조차 제대로 먹지 못했던 그의 눈에 펼쳐진 태원은 별천지 그 자체였다.

그래서 그는 태원을 보면서 언젠가는 기필코 이곳에서 최고의 부자가 되고야 말겠다고 굳게 결심했었다.

그리고 아홉 살 때 세웠던 그 목표를 달성하는 데 딱 십 년이 걸렸다.

그는 십구 세에 태원 사람이라면 누구나 인정하는 태원 최고의 갑부가 되었다.

뿐만 아니라 사내들이라면 그녀의 자태를 상상하는 것만으로도 오줌을 질질 싸게 만드는 태원제일미녀 방아미(方雅美)를 수중에 넣었다.

도무탄은 약관을 한 살 남겨둔 십구 세 젊디젊은 나이에 부귀영화와 미녀를 양손에 거머쥐었으니 대관절 무엇이 부럽겠는가. 오히려 세상 사람들이 그를 부러워했다.

이날을 위해서 십여 년 동안 들개처럼 억척스럽게 고생만 했었지만, 앞으로는 탄탄대로를 달리면서 보란 듯이 거들먹거리는 일만 남았다.

조금 전까지는 그랬었다. 그런데 지금은 차가운 강물 속에서 피를 흘리며 얼어 죽는 신세가 돼버렸으니 어찌 억울하지 않겠는가.

자신이 왜 죽어야 하는지 이유도, 누구에게 죽는 것인지 상대도 모른다.

그저 괴한들의 칼에 찔려 차디찬 강물에 던져졌다는 냉엄한 현실만을 알고 있을 뿐이다.

툭…….

자루가 마침내 강바닥에 가라앉았을 때 도무탄의 움직임

은 둔해졌으며 그는 삶을 거의 포기했다.

죽음을 목전에 둔 그 상황에서 그는 한 가지 매우 중요한 사실을 깨달았다.

지금까지는 세상에서 가장 중요한 것이 돈이라는 사실을 철석같이 믿고 그것을 얻으려고 아등바등 살아왔었는데 이제 보니 그게 아니었다.

'빌어먹을… 돈보다는 무력(武力)이 더 강하다…….'

돈이 아무리 많으면 무슨 소용이 있으랴. 찔러드는 칼을 막을 수도 없는 것을…….

매란교 아래 강가에는 집 없는 사람들이 다리를 중심으로 움막을 짓고 산다.

따뜻한 늦봄이나 여름에는 매란교를 중심으로 강 양쪽에 지어진 움막의 수가 이백여 개 이상으로 최고조를 이루었다가 추운 겨울이 되면 그 반에 반으로 줄어든다.

움막의 사람들이 혹독한 추위를 피해서 따뜻한 남쪽으로 갔다가 봄이 되면 다시 돌아오기 때문이다. 가난한 사람들에게 추위는 형벌이나 다름이 없다.

태원에서 매란교 아래에 사는 사람들은 좋지 않은 쪽으로 조금 유명한 편이다.

성민들은 그들을 매란걸(梅蘭乞)이라고 부르는데 매란교

아래에 사는 거지라는 뜻이다.

그들은 자신들이 거지라고 생각하지 않지만 성민들의 눈에는 거지로 비춰졌다.

중요한 것은 자신들이 어떻게 생각하느냐가 아니라 사람들이 어떻게 보느냐인 것이다.

그리고 매란걸이 유명한 또 하나의 이유는 그들이 돈이 되는 일이라면 물불을 가리지 않고 달려들기 때문이다. 이것 역시 좋지 않은 일이다.

"이런 엄동설한에… 오빠 미쳤어?"

"미치지 않았다."

매란교 아래 어두컴컴한 강가에서 남매가 수상한 실랑이를 벌이고 있다.

앙상하고 꾀죄죄한 몰골에 남루한 옷을 입은 누이동생은 그녀와 별반 다를 바 없는 몰골인 오빠의 앞을 가로막고는 두 팔을 벌리면서 강으로 나가지 못하게 결사적으로 저지하고 있는 중이다.

"이렇게 추운데 강물 속에 뛰어들었다가는 순식간에 얼어버릴 거야. 그런 상황에서 무슨 수로 시체를 건져 온다는 거야? 안 돼. 절대 못 가."

그녀의 만류에도 개의치 않고 장작개비처럼 비쩍 마른 소년은 옷을 훌훌 벗고 있다.

"내가 미친 것처럼 보이냐? 그렇다면 저기 저놈들도 다 미친 거로군."

그는 어느새 누더기 같은 옷을 다 벗어놓고 하체의 은밀한 곳을 가린 지저분한 속곳 하나만 달랑 입은 채 이죽거리는 표정을 지으며 턱으로 강 건너를 가리켰다.

이십여 장 폭의 강 건너 강가 두 군데에서 흐릿한 불이 밝혀져 있으며, 한곳에서는 알몸의 사내 하나가 이미 강으로 뛰어들고 있는 중이고, 또 다른 사내는 서둘러서 옷을 벗고 있었다.

이쪽의 소년은 여차하다가는 자기가 제일 늦을 것 같은 조바심에 서둘러 강으로 나서며 소녀를 옆으로 밀쳤다.

"비켜라, 진(眞)아."

"오빠……."

누이동생을 돌아보면서 한쪽 눈을 찡긋하는 소년의 허리춤에 한 자루 단도(短刀)가 반짝였다.

"내 별명이 수달 아니냐? 걱정하지 말고 화덕에 불이나 따뜻하게 피워둬라."

밀쳐진 바람에 옆으로 넘어졌던 소녀가 급히 일어나 강으로 달려갔을 때에는 소년의 모습은 이미 보이지 않았다. 강가에 예리한 칼처럼 언 살얼음을 깨고 검푸르고 차가운 강물 속으로 스며든 것이다.

"오빠 제발……."

십칠 세 소녀 소진(蘇眞)은 고집을 부리고 강물 속으로 들어간 오빠가 부디 무사히 돌아오기를 강가에 서서 발을 동동 구르면서 빌었다.

이곳 매란교는 태원에서 한밤중에 남몰래 시체를 내다 버리는 장소로 유명하며, 정상적으로 드러내 놓고 장례를 치를 수 없는 시체가 대부분이다.

가난한 사람들이 애용하는 간단한 화장(火葬)조차 할 수 없다는 것은, 그 죽음과 시체가 세상에 알려져서는 안 된다는 뜻이기도 하다.

첨벙…….

소진이 오빠 걱정으로 발을 구르고 있을 때 그녀가 있는 이쪽 강가 하류 쪽 십여 장쯤 떨어진 곳에서 한 명의 벌거벗은 사내가 뒤늦게 살얼음을 깨고 강으로 뛰어드는 모습이 어슴푸레하게 보였다.

이곳에 버려진 시체는 대부분 급사(急死)를 당한 경우다. 즉, 예기치 않았던 죽음을 당한 직후에 즉시 이곳에 버려지는 것이다.

그래서 강도를 당한 것이 아니라면 돈이나 패물 따위를 몸에 그대로 지닌 채 강에 버려지기 때문에 다리 아래에 사는 매란걸들이 서로 시체를 차지하려고 캄캄한 한밤중에 목숨을 걸고 암투를 벌이는 것이다.

매란교 아래 강 양쪽에는 오십여 개의 움막이 옹기종기 모여 있다.

사람들은 이곳 매란교 아래를 매란촌(梅蘭村)이라 부르고, 매란촌 사람들은 소진 남매가 사는 강 이쪽을 남방(南方), 강 건너 쪽을 북방(北方)이라고 부른다.

남방 쪽은 태양이 다리 바로 위에 있을 때를 제외하고는 낮 동안 거의 하루 종일 따뜻한 햇볕이 비추고 북방은 완전히 그 반대이기 때문이다.

여름 한철을 제외하고는 봄과 가을, 겨울 세 계절에 따사로운 햇볕이 고루 비춰주는 남방이 매란촌에서 훨씬 살기 좋은 곳인 것은 두말할 필요가 없다.

소진의 오빠인 소화랑(蘇火朗)은 매란촌에서도 알아주는 여러 방면에 재주가 뛰어난 소년인데, 그중에서도 수영 실력은 그의 말대로 수달 뺨칠 정도다.

엄동설한 한밤중에 강물 속으로 뛰어든 그는 매란교에서 하류로 오십여 장이나 떠내려가서 바닥에 가라앉은 자루를 정확하게 발견하여 괴춤에 차고 있는 단도로 자루를 찢고 시체를 꺼내 자신의 움막으로 돌아왔다.

설명이야 쉽지만 실제로는 지독하게 춥고 또 기진맥진해

서 소화랑은 움막에 들어서자마자 시체를 바닥에 패대기치고는 그 옆에 쓰러져서 가쁜 숨을 몰아쉬었다.

"헉헉헉……."

강가는 너무 캄캄해서 시체의 품속을 제대로 뒤질 수가 없는 상황이었고, 어물거리다가 다른 놈들에게 발견되기라도 하면 한밤중에 시체 한 구를 놓고 피를 부르는 한바탕 치열한 드잡이라도 벌여야 하기 때문에 서둘러 움막으로 끌고 들어왔다.

"헉헉헉……."

"오… 오빠……."

소진은 설마 소화랑이 시체를 움막 안으로 갖고 들어올 줄은 상상조차 하지 못하고 있다가 소스라치게 놀라 한쪽 구석에 누워 있는 병든 모친 옆으로 달려가 바닥에 납작하게 웅크렸다.

"헉헉… 진아, 등잔불 좀 이리 비춰봐라."

물에 흠뻑 젖은 소화랑은 바닥에 퍼질러 앉아서 심하게 헐떡거렸다.

소진은 시체 때문에 잔뜩 겁을 먹었지만 온몸을 사시나무 떨 듯이 떨면서 화덕 앞으로 엉금엉금 기어가고 있는 비쩍 마른 소화랑을 보고는 마음을 고쳐먹었다.

오빠는 몇 푼이라도 벌기 위해서 차가운 강물 속에서 시체를 건져 오기까지 했는데, 자신은 불을 비춰주는 것 정도도 못한다면 말이 안 된다고 생각하여 용기를 내어 벌떡 일어나 등잔불을 잡고 시체로 다가갔다.

그렇지만 소진은 겁이 나서 차마 시체를 바라보지 못하고 외면한 채 두 손으로 잡은 등잔불만 앞으로 뻗었다.

"어? 이게 뭐야?"

탁!

시체를 살피던 소화랑이 갑자기 소진의 손에서 등잔불을 낚아채서 시체 가까이에 비췄다.

"이런 젠장! 잠옷을 입고 있잖아?"

평상복을 입은 상태로 죽은 시체라야 외출했다가 죽었기 때문에 돈이나 패물 따위 그대로 몸에 지니고 있는데 잠옷을 입고 있다면 자다가 죽었기 때문에 빈털터리다. 돈이나 패물을 몸에 지니고 자는 사람은 없기 때문이다.

"제기랄! 헛수고했어. 한밤중에 괜히 개고생한 거야."

소화랑은 오만상을 쓰면서 등잔불을 바닥에 내려놓고 혹시 하는 심정으로 시체를 뒤지기 시작했다.

그러나 잠시 후에 뒤로 나가떨어지듯이 털퍼덕 주저앉고 말았다. 역시 아무것도 없었다.

"빌어먹을… 에휴… 힘들어 죽겠네……."

온몸에 맥이 빠졌다. 언감생심 은자 같은 것은 바라지도 않았고, 그저 각전(角錢) 몇 냥이라도 벌 수 있을까 싶어서 이 추운 겨울 한밤중에 깊은 강물 바닥까지 내려가서 시체를 끌고 올라왔던 것인데, 헛수고를 했으니 실망이 이만저만이 아니다.

뒤로 물러앉은 상태에서 보니까 그제야 시체 여기저기에서 피가 줄줄 흐르고 있는 것이 눈에 들어왔다.

그 바람에 바닥에는 벌써 피가 흥건하게 고였으며 피비린내까지 진동했다.

힘들여서 건져 온 시체에서 구리돈 한 닢 얻지 못했는데 이제 이걸 다시 끌고 나가서 강에 버려야 한다는 생각을 하면 짜증이 날 만도 한데 소화랑은 즉시 몸을 추스르고 일어나 시체를 붙잡았다.

"오빠……."

"왜 그러느냐?"

소화랑은 시체를 들쳐 메려고 씨름을 했다.

"살았어."

"그래. 내다 버리고 오면 살 맛 나겠다."

"아니… 이 사람 아직 살아 있어……."

"뭐?"

겨우 시체를 어깨에 메고 일어섰던 소화랑은 움찔하며 동작을 멈추었다.

소화랑은 보통 키에 깡마른 체구이지만, 시체는 그보다 머리 하나는 더 크고 체격도 단단해서 몸무게가 족히 두 배는 나갈 것 같은데도 소화랑은 깡다구로 버티고 서서 놀라는 표정을 지었다.

"조금 전에 손가락이 움직였어."

잔뜩 겁에 질려 있던 소진은 시체가 살아 있다는 사실을 알고는 안도하는 것 같았다.

"금방 다녀오마."

소화랑은 소진의 말을 무시하고 움막의 거적을 들추고 나가려고 했다.

"안 돼. 이 사람 아직 살아 있다니까?"

소진은 소화랑의 팔을 두 손으로 힘껏 붙잡고 버텼다.

"산 사람을 강물에 버리는 건 살인이야."

또한 그녀의 표정은 단호했다.

소화랑은 누이동생이 예전에 이런 표정을 지었던 적이 두어 번 있으며 그럴 때는 절대로 한 걸음도 물러서지 않는다는 사실을 똑똑히 기억하고 있다.

소진은 한쪽 구석에 누워 있는 모친을 힐끗 쳐다보고 나서 두 눈에 눈물이 그렁그렁 고였다.

"그런 짓을 하면 옥황상제께서 크게 노하셔서 엄마를 살리지 못하게 될 거야……."

소씨 남매의 모친은 와병 중이다. 하루 종일 혼수상태에 빠져 있으며, 아주 가끔 정신을 차리긴 하는데 자식들도 제대로 알아보지 못해서 반송장이나 다름이 없다.

소화랑은 오만상을 찌푸렸다. 이 시체나 다름이 없는 물건을 갖다 버리면 모든 게 깨끗해지는데, 그러지 않고 살리겠다고 붙잡고 있으면 얼마나 귀찮은 일이 많을지 상상하는 것만으로도 머리가 지끈거렸다.

애당초 시체를 건지러 강물 속에 뛰어든 소화랑이 잘못인데 누굴 탓하겠는가.

만약 시체를 갖다 버렸을 경우에 소진이 받을 충격과 슬픔을 생각하면 역시 그러지 않는 편이 좋을 것 같다.

더구나 소화랑도 산 사람을 내다 버리는 행위, 즉 살인은 왠지 께름칙하다.

벌써 몇 년째 몸져누워서 자식들도 알아보지 못하는 모친마저도 포기하지 못하고 치료비를 마련하느라 이 고생을 하고 있는데, 어찌 산목숨을 그의 손으로 끊을 수 있겠는가.

한편 반듯하게 누워서 꼼짝도 하지 못하는 도무탄이지만 소씨 남매의 대화는 똑똑히 듣고 있었다.

조금 전에 그는 강물 바닥에 가라앉은 자루 속에서 몸부림치다가 도저히 빠져나갈 수 없는 상태에 이르자 절망과 분노 때문에 미쳐 버릴 것만 같았었다.

바로 그때 누군가 자루를 찢고 그를 붙잡고는 순식간에 솟구치더니 강물 밖으로 끌어내 주었다. 그리고는 곧장 이 움막으로 들어온 것이다.

태원에 대해서는 모르는 게 없는 도무탄은 자신을 자루에서 끄집어낸 자가 매란걸이며 시체에서 돈푼이나 건지려는 목적이라는 걸 알았다.

조금 전에 그의 손가락이 꿈틀 움직였던 것은 자신이 살아 있다는 사실을 필사적으로 알리려고 한 덕분이다.

지금 그의 가느다란 목숨은 전적으로 소씨 남매의 손에 달려 있다.

그들의 결정 여하에 따라서 생각하는 것만으로도 끔찍한 차디찬 강물 속으로 다시 던져지든가 아니면 이곳에서 이들의 보살핌을 받게 될 터이다.

설혹 강물에 버려지지 않는다고 하더라도 칼에 세 차례나 찔린 상처가 워낙 깊고 또 피를 많이 흘려서 소생할 수 있을지는 미지수다.

그렇다고 해도 이렇게 죽는 것은 너무 억울했다. 그동안 벌어놓은 어마어마한 돈이 아까웠으며, 태원제일미녀 방아미를 놔두고 죽는다는 것은 생각할 수도 없다.

더구나 자신을 칼로 찌르고 강에 내다 버린 괴한들의 정체를 알아내고 복수를 하기 위해서라도 반드시 살아야만 하는 것이다.

그래서 도무탄은 아까 돈보다 더 중요한 것이 '무력' 이라는 사실을 깨달았을 때와 똑같은 간절한 심정으로 한 가지 결심을 했다.

'지금 이 순간부터 나를 진심으로 돕는 사람은 죽을 때까지 외면하지 않겠다.'

소씨 남매네 움막 안에 병자가 하나 더 늘었다.

나무와 거적으로 얼기설기 지어진 움막은 겉보기에는 바람만 조금 세게 불어도 쓰러질 것 같지만, 내부는 제법 아늑하고 넓으며 온기가 있다.

입구 안쪽은 마르고 단단한 맨땅인 공간이고, 더 안쪽에 땅에서 한 뼘쯤 높은 거주 공간이 마련되어 있다. 땅바닥에 나무 널빤지를 깔고 그 위에 거적을 씌웠는데 땅에서 올라오는 냉기를 막아준다.

새로운 병자 도무탄은 소씨 남매 모친의 맞은편에 눕혀졌으며, 두 병자 사이 넉 자쯤 되는 공간에서 소씨 남매가 식사를 하거나 잠을 자는 등 일상생활을 한다.

소진의 결사적인 반대로 강에 버려지는 신세를 간신히 모면한 도무탄은 그날 밤에 소진의 간단하면서도 정성 어린 치료를 받았다.

치료라고 해봐야 의원에서처럼 제대로 된 치료를 기대하는 것은 언감생심이다.

대충 상처를 닦고 지혈을 한 후에 매란촌 사람들이라면 보편적으로 흔하게 사용하는 금창산(金瘡散)을 환부에 바르는 것이 치료의 전부다.

이곳의 금창산은 의원의 금창약하고는 재료에서부터 근본적으로 다르다.

이곳 강가에 지천으로 자라며 지혈제(止血劑)로 쓰이는 대계(大薊:엉겅퀴)나 고련근(苦楝根)의 뿌리를 석회에 섞어 이겨서 큰 뽕나무에 구멍을 뚫고 그 속에 넣어 뽕나무 껍질로 봉하여 두서너 달 두었다가 꺼내어 그늘에 다시 두서너 달 말려서 만든 것이 바로 금창산이다.

이곳 사람들은 험하게 살아서인지 하도 잘 다쳐서 어느 움막이나 상비약으로 이런 금창산을 만들어두었다가 사용하고 있다.

시체라 여기고 질겁했었던 소진이었지만 산 사람이라는 사실을 알고 나서 막상 치료를 시작하자 완전히 딴사람으로 변해 버렸다.

아픈 사람을 살리지 못하는 것에 한이 맺혀 있는지 그녀는 도무탄을 살리는 일에 필사적이었다.

도무탄은 다음 날이 돼서도 여전히 깨어나지 못했다. 하지만 눈을 뜨지 못하고 말을 할 수 없는 것뿐이지 생각은 할 수 있으며, 주위에서 벌어지는 일들을 귀로 들을 수도 있는 상황이다.

주위에서 벌어지는 일을 듣는다고 해봐야 소녀가 혼자 움막 안에서 이리저리 움직이든가 식사를 준비하고 청소를 하는 따위의 소음이 거의 전부다.

오빠인 듯한 남자가 그녀를 '진아' 라고 불러서 이름이 '진아' 라고만 알고 있을 뿐이다.

목소리를 들어봐서는 소녀는 십오륙 세 정도로 어렸고 오빠도 어른은 아니고 십구 세인 도무탄보다 한두 살 아래일 것 같았다.

그날 밤에 한바탕 소동이 있고 나서 오빠는 곧 잠이 들었으며 소녀 진아가 혼자서 도무탄을 치료를 했었다.

그의 가슴, 복부, 허벅지를 칼로 찔린 상처는 오빠가 자기 전에 지혈을 해주었는데 다행히도 꽤나 능숙한 솜씨였다.

진아는 혼자서 화덕에 물을 데우고 뜨거운 물에 헝겊을 적셔서 도무탄의 상처 부위를 깨끗이 닦아낸 후에 금창산을 골고루 발라주었다.

상처가 상체에 두 곳, 하체에 한 곳이기 때문에 치료를 위해서 옷을 모두 벗겨냈다. 그렇지 않아도 옷이 모두 젖었기에 벗길 수밖에 없는 상황이었다.

눈조차 뜨지 못하는 상태인 도무탄으로서는 벌거벗은 몸을 진아에게 보이는 것 따윌 부끄러워할 상황이 아니다.

치료가 끝난 진아는 도무탄에게 두툼한 솜이불을 덮어주었으며, 그의 옆에서 웅크린 자세로 잠이 들었다.

도무탄은 잠이 든 것인지 아니면 혼절을 했던 것인지 어쨌든 정신을 차리고 나니까 주위가 조용했다.

세 군데 상처 부위가 지독하게 아프지만 신음 소리를 낼 기력조차도 없다.

그를 죽이려고 했던 괴한들에 대해서 생각해 보려고 했으나 기억과 생각이 자꾸만 끊어졌다가 이어졌으며, 또 그러다가 정신을 잃고 깨어나기를 반복했다.

움막 안에는 진아와 시체나 다름이 없는 도무탄, 그리고 남매의 대화로 미루어 병든 모친 이렇게 세 사람만 있는 것 같았다.

도무탄이 깨어났다가 혼절하기를 수십 번이나 거듭하는 동안에도 오빠의 목소리는 한 번도 들리지 않았다.

그는 움막에 없는 것 같았다. 매란촌 사람들이 모두 그렇듯이 그도 돈을 벌기 위해서 나갔을 것이다.

다시 말하지만 매란촌 사람들, 즉 매란걸들은 겨우 몇 푼의 돈을 벌기 위해서라면 상상도 할 수 없는 일까지도 마다하지 않는다.

예전에 도무탄은 매란촌에서 살아본 적은 없으나 필요에 의해서 수십 번 매란걸들을 부려본 적이 있었다.

귀찮거나 더러운 일을 몇 푼에 처리할 수 있으며 뒤탈이 없으므로 자주 이용했었다.

매란걸 사람은 남녀노소 가리지 않고 다들 억척스럽게 일을 한다.

돈이 되는 일이면 닥치는 대로 한다. 그래서 동이 트면 사람들이 썰물처럼 빠져나갔다가 어두워지면 돌아온다.

그래서 진아의 오빠도 그렇게 돈을 벌기 위해서 나갔을 것이라고 생각했다.

도무탄은 자신이 매란교 아래로 던져졌다가 이들 남매에게 구해지고 나서 며칠이 지났는지도 알지 못했다. 수십 번 깨었다가 혼절하기를 반복한 것으로 봐서는 모르긴 해도 몇 달은 지난 것 같은 기분이 들었다.

지금쯤 도무탄의 집은 발칵 뒤집어졌을 것이다. 그를 목숨보다 더 사랑하는 방아미가 어떻게 되었는지 무엇보다도 가장 걱정이 됐다.

사건이 벌어진 날 밤에 침상에서는 그와 방아미 단둘이 함께 자고 있었다.

자다가 칼에 찔린 그는 괴한들에 의해서 자루에 담겨지는 과정에 공포에 질린 방아미가 그의 이름을 부르면서 살려달라고 울부짖는 소리를 들었었다.

그리고 첫 번째 칼에 찔려 경악과 고통으로 눈을 번쩍 떴을 때 침상가에 서서 그를 굽어보며 음흉하게 웃고 있던 세 명의 괴한을 스치듯이 봤었다.

도무탄은 정신이 오락가락하는 와중에도 그놈들이 방아미를 죽였거나 겁탈 혹은 납치 같은 짓을 하지 않았을지 너무도 걱정이 됐고 불안했다.

말만 할 수 있다면 모든 게 단번에 해결될 수 있을 텐데 도무지 입이 열리지 않았다.

그가 이런 모습으로 매란촌 움막에 누워 있다는 사실을 집에 알리기만 하면 그의 충성스러운 충복들과 수하들이 단숨에 달려올 것이다.

그래서 그를 태워 최고의 명의에게 데려다줄 테니까 소생할 수 있는 가능성은 훨씬 더 높아질 터이다.

그는 집에 돌아가기만 하면 호위무사를 모조리 내쫓아 버릴 작정이다.

한 달에 녹봉으로 은자 이십 냥씩이나 받아 처먹는 호위무사가 자그마치 이십 명인데, 그깟 괴한 세 명의 침입을 막지 못해서 이런 사단이 벌어졌으니 극형에 처하지 않는 것을 다행으로 알아야 할 것이다.

어쨌든 한시바삐 정신을 가다듬고 기력을 회복해서 입부터 열어야 한다.

그러면 도무탄이 살아날 확률도 커지고 이들 남매가 매란촌에서 힘겹게 사는 것도 그날로 끝이다.

도무탄을 구해준 보답으로 평생 호의호식하면서 살 수 있도록 뒤를 봐주는 것이 당연하다.

물론 병든 모친에게는 태원 최고의 명의를 붙여줘서 보살피도록 해줄 것이다.

도무탄은 자신을 진심으로 도운 사람은 죽을 때까지 외면하지 않겠다고 한 맹세를 반드시 지킬 작정이다.

그리고 무슨 수를 써서라도 그들 괴한 세 놈을 잡고야 말 것이다.

도무탄은 이곳 태원 현청(縣廳)의 수장인 현관(縣官)하고는 형님 아우 하는 막역한 사이고, 치안을 담당하는 총포두(總捕頭)는 수하나 다름이 없다.

매월 정기적으로 현관에게는 은자 삼천 냥을, 총포두에겐 천 냥을 뇌물로 건네고 있다.

그러니 그들로서는 도무탄의 일이라면 자신의 일보다도

우선하여 무조건 발 벗고 나서게 되어 있다.

어쩌면 지금쯤 현관 구당림(具棠林)이 직접 진두지휘하고, 총포두 관보(關甫)가 눈에 불을 켜고 나서 도무탄 실종사건의 범인을 이미 붙잡았을지도 모른다.

그러니 무엇보다 중요한 일은 도무탄이 지금의 이 고비를 무사히 넘겨야 한다는 것이다.

第二章

변천(變遷)

도무탄이 깨어났을 때 소씨 남매가 대화를 하고 있었다.

"하루 종일 뼈 빠지게 일 시켜먹고 기껏 구리돈 두 냥 달랑 주는 건 날강도 심보야."

"그래도 일이 있다는 게 어디야. 일거리가 없어서 마냥 쉬었을 때 얼마나 답답했었어? 그때를 생각해 봐, 오빠."

"그건 그래. 그까짓 것도 일이라고 아침마다 서로 뽑히려고 대가리 터지도록 싸우잖아."

"일꾼 뽑는 조장이 오빠를 잘 봤기 때문에 매일 데려가는 건 정말 고마운 일이야."

소화랑은 아무 말 하지 않고 늦은 저녁밥만 꾸역꾸역 신경질적으로 입에 쑤셔 넣었다.

사실은 하루 일당이 구리돈 석 냥이고, 일꾼 뽑는 조장, 즉 선조장(選組長)에게 매일 한 냥씩 뇌물로 바치는 덕분에 그나마 이런 일거리라도 꾸준히 할 수 있는 것이라는 말을 차마 누이동생에게 할 수는 없었다.

"진아, 지금까지 얼마나 모았지?"

"삼백 냥쯤이야."

남매의 고향은 원래 태원에서 북쪽으로 삼백여 리 떨어진 오대산(五臺山) 기슭에 자리 잡은 원평(原平)이라는 작은 마을이었다.

몇 년이나 이어지고 있는 오랜 기근으로 끼니를 제대로 이을 수 없는 가난한 생활에 풀뿌리나 나무껍질로 겨우겨우 연명하던 중에 굶기를 밥 먹듯이 하던 홀어머니가 덜컥 병석에 누워 버려서, 홀어머니뿐만 아니라 일가족 세 명이 모두 앉아서 죽기만을 기다리는 처량한 신세가 됐었다.

그러던 하루는 먹을 것을 구하러 밖에 나갔다가 돌아온 소화랑이 세 살 어린 소진에게 귀가 번쩍 뜨이는 놀라운 소문 하나를 얘기해 주었다.

기근으로 굶어 죽게 된 마을 사람들이 일거리와 먹을 것을 찾아 떼 지어서 마을을 떠나고 있었다.

그래서 자세히 알아보니까 다들 큰 현이나 성도인 태원으로 간다는 것이다.

태원은 물자가 풍족하고 집과 사람이 엄청나게 많아서 무슨 일을 하더라도 굶는 사람은 없다고 했다.

귀가 솔깃한 소진이 반대할 이유가 없으니 남매는 그 다음 날 바로 집을 떠났다.

찢어지게 가난한 집구석에 말이나 소 따위가 있을 리 없어서, 긴 나무 두 개를 가로지른 널빤지에 이불을 깔아 운반도구를 만들어 거기에 병든 어머니를 뉘여서 소화랑이 끌고 소진이 밀면서 삼백여 리 길을 쉬엄쉬엄 보름이나 걸려 태원에 도착했었다.

그리고는 이리 채이고 저리 짓밟히면서 훠이훠이 흘러들어 온 곳이 여기 매란촌이었다.

그때부터 남매는 억척스럽게 일을 하고 병든 어머니를 돌보면서 돈을 모았다.

어머니를 의원에 장기 입원시켜서 치료를 받게 하려면 최소한 은자 열 냥이 있어야 한다는 말을 의원에게 직접 들었기 때문이다.

지난 일 년 반 동안 죽어라고 모은 돈이 구리돈 삼백 냥이다. 은자 한 냥에 구리돈 오십 냥이니까, 구리돈 삼백 냥이라고 하면 엄청난 것 같지만 겨우 은자 여섯 냥밖에 되지 않는다.

어머니를 의원에 입원시키려면 아직도 은자 넉 냥, 구리돈으로 이백 냥이 더 있어야만 한다.

소화랑이 하루 종일 죽어라고 일해서 구리돈 석 냥을 벌면, 그중에 한 냥은 내일도 자기에게 일거리를 달라는 뇌물로 선조장에게 바치고, 또 한 냥은 남매가 먹고사는 최소한의 비용으로 들어가며, 마지막 한 냥을 어머니의 의원비로 모으고 있는 것이다.

그런데 이런 식이라면 앞으로 이백 일 후에라야 어머니를 의원에 입원시킬 수가 있을 터이다.

그것도 이백 일 동안 하루도 거르지 않고 꾸준히 일거리가 있어준다면 말이다.

"후우… 하루 한 냥씩 이백 일을 더 모아야 엄마를 의원에 모시고 갈 수 있다는 건가? 맥 빠지는구나."

소화랑이 젓가락을 내려놓으며 한숨을 내쉬자 소진은 걱정스럽게 모친을 돌아보았다.

"요즘 들어서 엄마가 더 안 좋아지신 것 같아. 죽도 거의 드시지 못하고……."

"조금이라도 빨리 돈을 모으려면 내가 밤에 할 수 있는 일거리를 하나 더 찾아야 하는데……."

"그러다가 오빠 골병들어."

"골병이 무슨 대수야? 엄마부터 살려야지. 엄마만 살릴 수 있다면 나는 죽어도 상관없다."

소화랑은 눈을 세모꼴로 하고 도무탄을 째려보았다.

"이런 판국에 시체나 다름없는 군식구가 하나 더 늘었으니 염병할……."

"내가 고집 부려서 미안해. 하지만 이 사람은 우리 움막에서 자리만 조금 차지할 뿐이지 아무것도 먹지 않으니까 축내는 건 없어."

"하긴 그렇군."

사실 소진은 하루에 두 차례 도무탄의 입에 보릿가루를 끓인 미음을 떠 넣어주고 있지만 구태여 오빠에게 말하지는 않았다.

남매의 대화를 듣고 도무탄은 자신이 눈을 뜨고 입을 열기만 하면 우선 남매의 모친부터 태원에서 제일 크고 유명한 의원에 입원시킬 것이라고 생각했다.

그때 소화랑의 짜증이 잔뜩 섞인 목소리가 도무탄 바로 옆에서 들렸다.

"진아, 이 자식 똥 쌌다."

도무탄은 그가 말한 '이 자식'이 자신이라고 생각했다. 그리고 눈도 뜨지 못하는 이런 상황에서도 자신이 똥을 쌌다는 사실이 왜 이리도 창피한지 모를 일이다.

"으으… 냄새 지독하다. 빨리 치워라."

"그러게 왜 그 사람 이불을 들추고 그래? 내가 똥 치울 동안 오빠 밖에 나가 있어."

"에이……."

소화랑이 밖으로 나가는 듯한 소리가 나고는 도무탄이 한 무더기나 싸질러 놓은 똥을 소진이 치우기 시작했다.

도무탄이 어린 아기였을 때에는 모친이 기저귀를 갈아주고 똥을 치웠을 테지만 그 이후로는 이런 황당한 경우가 한 번도 없었다.

도무탄은 소진이 군소리 한마디 없이 자신의 다리를 벌리고 힘겹게 궁둥이를 들어 올려서 똥을 치우는가 하면, 따뜻한 물을 적신 헝겊으로 궁둥이와 사타구니를 깨끗하게 닦아주는 것을 아련하게 느끼면서 창피함과 고마움의 복잡한 심정에 사로잡혔다.

'이 아이는 정말…….'

도무탄 주위에는 많은 친구와 측근들이 우글거리지만 이런 식으로 그의 똥을 치우고 닦아줄 사람이 과연 몇이나 있을지는 의문이다.

물론 그의 엄청난 재력 때문에 앞다투어 똥을 치우려 하겠지만, 지금처럼 아무것도 아닌 존재가 되었을 때 소진처럼 아무런 조건 없이 묵묵히 똥을 치워줄 사람이 있을 것인가에 대해서는 도무탄도 자신이 없었다.

'그래도 아미는 그보다 더한 일도 해줄 거야.'

혼인식만 올리지 않았다 뿐이지 부인이나 다름이 없는 방아미라면 아무 조건 없이, 그의 돈 같은 것은 바라지도 않고 웃으면서 기꺼이 똥을 치워줄 것이라고 확신했다.

하기야 방아미를 의심하는 것은 죄악이다. 그녀는 재물을 죄악시 여기는 태원 최고의 명문대파인 진권문(震拳門) 문주의 고명딸이다.

그녀의 부친 진권대협(震拳大俠) 방현립(方玄立)은 공명정대할 뿐만 아니라 대쪽 같은 성품으로 태원성에 사는 사람치고 존경하지 않는 사람이 없을 정도다.

모친의 미모와 부친의 성품을 고루 물려받고 닮은 부풍모습(父風母習)의 방아미는 순전히 도무탄을 사랑하는 일편단심으로 그의 여자가 되었던 것이다.

똥을 다 치우고 닦은 후에 소진은 도무탄의 세 군데 상처에 다시 금창산을 발라주고 헝겊을 대주고는 조심스럽게 이불을 덮었다.

"힘을 내요. 절대로 죽으면 안 돼요."

소진의 속삭이듯 상냥한 목소리가 도무탄의 가슴을 적셨다. 마치 방아미의 보살핌을 받는 것 같은 착각이 들었다.

도무탄은 입속으로 따뜻하고 구수한 국물이 흘러드는 것을 느끼면서 정신이 들며 눈을 떴다.

뭔가 부연 것이 눈앞에서 어른거리는 것 같더니 잠시 후에 조금 또렷하게 보였다.

머리를 가지런히 묶은 수척한 모습의 어린 소녀가 초롱초롱한 눈으로 그를 굽어보면서 미음이 담긴 나무 숟가락을 입에 대어주고 있었다.

"아……."

소진은 어느새 눈을 뜨고 자신을 바라보고 있는 도무탄을 발견하고 눈을 커다랗게 뜨며 놀랐다.

그녀는 혼절해 있는 도무탄의 상체를 일으켜서 자신의 무릎에 얹고 그의 머리를 왼쪽 가슴에 대고는 미음을 먹이고 있는 중이었다.

야윈 체구의 그녀는 자신보다 두 배 이상 나가는 거구를 일으키고 안는 것만으로 이미 기진맥진했다.

아프거나 다친 사람이 잘 먹어야지만 회복이 빠른 것은 어린아이도 아는 사실이다.

그러나 누운 상태에서 먹이면 미음이라고 해도 기도가 막혀서 질식하여 죽을 수도 있기에 상체를 일으켜 세워서 먹여야 하는 것이다.

소진이 미음을 먹이기 시작했을 때에는 도무탄이 혼절한

상태였는데 먹이는 도중에 어느새 정신을 차리고 눈까지 뜬 것이다.

그녀보다 더 놀란 사람은 도무탄 당사자다. 그는 너무 오랫동안 비몽사몽간을 헤매고 또 눈을 감고 있었던 탓에 자신이 눈을 떴다는 사실을 조금도 인지하지 못했다.

눈앞에 낯선 소녀의 모습이 보이는데도 그게 누군지, 왜 보이는 것인지도 알지 못했다.

그는 강물에서 건져진 이후 정신이 혼미한 상태에서 이따금씩 헛것이나 회상하는 장면 따위가 뚜렷하지 않은 모습으로 떠오르거나 스쳐 지난 적이 있었다.

그래서 지금 눈앞에 보이고 있는 소녀의 모습도 그런 것의 일종이라고 여겼다.

"정신이 들어요?"

그런데 그 헛것이 불쑥 말을 걸었다.

도무탄은 눈을 껌뻑거렸다. 눈앞의 것을 현실로 받아들일 시간이 필요했다.

"제가 보여요?"

소진이 얼굴을 좀 더 가깝게 하면서 다시 물었다.

도무탄은 이것이 회상이나 헛것이 아닌 현실이라는 사실을 깨닫고 입을 열어서 소진의 물음에 대답하기 위해서 부단히 애썼다.

하지만 입술이 미미하게 달싹거리고 목젖이 깔딱거릴 뿐 도무지 말이 나오지 않았다.

"말하려고 애쓰지 말고 제가 보이면 눈을 두어 번 깜빡여 보세요."

소진은 그가 말을 하려고 기를 쓰면서도 입술만 달싹이는 것을 보고는 타이르듯이 말했다.

"제가 보여요?"

그녀가 숟가락을 내려놓고 다시 한 번 묻자 도무탄은 눈을 두 번 깜빡였다.

그녀는 크게 안도하는 표정을 짓더니 헝겊으로 그의 얼굴에서 흐르는 땀을 닦으며 눈물을 흘렸다.

"다행이에요. 정말 다행이에요. 저는 당신이 살아날 것이라고 믿었어요."

도무탄은 자신을 가슴에 안고 얼굴을 닦아주면서 자신의 소생을 진심으로 기뻐하며 눈물을 흘리는 그녀를 보고 울컥 뜨거운 것이 치밀어 올랐다.

그가 뜨거운 눈물을 흘리자 소진은 울면서 미소를 지으며 그의 눈물을 닦아주었다.

"됐어요. 이제는 괜찮을 거예요."

소진은 다 죽어가던 도무탄을 자신이 살렸다는 사실에 스스로 대견하고 또 크게 기뻤다.

그리고 무엇보다도 자신의 정성으로 도무탄을 살렸으니까 이제는 병든 모친도 반드시 살릴 수 있을 것이라는 희망이 더 커졌다는 사실이 중요했다.

도무탄은 그녀의 따스한 품속에 안긴 채 이젠 살 수 있다는 희망이 용솟음치다가 다시 혼절했다.

도무탄은 머리맡에서 나누는 남매의 대화를 들으면서 설핏 잠에서 깨어났다.

"진아, 너 잘못 본 거 아냐?"

"아냐. 분명이 눈을 떴었어. 내가 보이면 눈을 깜빡여 보라니까 눈을 두 번 깜빡였다니까?"

"그런데 어째서 이 자식은 그때 이후로 사흘씩이나 잠만 자고 있는 거냐?"

도무탄은 깜짝 놀라 어이가 없었다. 자신이 눈을 뜨고 소녀를 봤던 것이 조금 전의 일 같은데 그것이 벌써 사흘 전의 일이라는 것이다.

"어쨌든 이 사람은 차츰 건강해지고 있어. 상처가 곪지도 않고 딱지가 생겼잖아."

소진의 말에 소화랑은 밥을 먹으면서 힐끗 도무탄을 쳐다보며 중얼거렸다.

"이 자식은 정말 운이 좋은 것 같군. 그렇게 심한 칼질을 한 군데만 당해도 열이면 열 다 죽는데 이놈은 세 군데나 찔리고서도 잡초처럼 살아나고 있잖아."

소화랑은 젓가락으로 도무탄이 덮고 있는 이불 위에서 가슴과 복부, 허벅지를 차례로 가리켰다.

"칼이 세 차례에 걸쳐서 심장과 복부, 그리고 허벅지의 동맥을 정확하게 찔렀어. 그런데도 살아난 거야. 진아, 너 그게 어째서 가능한지 알겠니?"

의술에 대해서는 아무것도 모르는 소진은 이 근방에서는 그래도 알아주는 싸움꾼인 소화랑의 설명에 호기심 어린 얼굴로 귀를 기울였다.

"내가 지혈하면서 살펴보다가 발견한 건데 이 자식은 몸이 우리 같은 보통 사람하고 다르더라."

도무탄은 소화랑이 그것을 알아내다니 눈썰미가 예리하다는 생각이 들었다.

"첫째, 이 자식의 심장은 우리처럼 가슴 왼쪽에 있는 것이 아니라 오른쪽에 있어."

"에엣? 어떻게 그럴 수가 있지?"

"낸들 아냐? 아마 선천적으로 그렇게 태어났겠지."

소진은 흥미롭다는 듯 눈을 초롱초롱 빛냈다.

"그리고 복부와 허벅지는?"

"이놈 복부가 무지하게 두꺼워."

"아닌데? 이 사람 배에는 살이 거의 없어."

"눈으로 보는 거 하고 손가락으로 세게 누르면서 만져 보는 거 하곤 다르다. 그건 근육이 아니라 근육 아래쪽에 뭔가 단단한 것이 있어."

슥—

소화랑은 아예 젓가락을 내려놓고 도무탄이 덮고 있는 이불을 젖히고는 손가락으로 배를 슬쩍 찔렀다.

"여기 뱃속의 근육 아래층이 엄청나게 단단하고 두꺼워서 그때 지혈할 때 정말 애먹었었다."

"그래?"

"이 자식은 몽둥이로 배를 아무리 때려도 끄떡없을 거야."

소화랑이 제대로 봤지만 절반만 맞았다. 도무탄의 몸은 보통 사람들과 매우 다르다. 살찐 체구가 아니고 오히려 약간 말랐는데도 살집이 매우 단단했다.

또한 뱃살만 그런 것이 아니라 몸 전체가 그랬다. 그것은 마치 몸의 피부 안쪽에 여러 겹의 질긴 가죽을 두르고 있는 것 같았다.

그래서 그는 상상하는 것 이상으로 맷집이 아주 좋다. 아홉 살 어린 소년이 생판 외지인 이곳 태원에서 혼자 살아남아 오늘날의 부를 이룬 데에는 그의 맷집도 크게 한몫했다고 할 수 있다.

"그럼 허벅지는?"

"허벅지 동맥을 찔리면 반각 안에 몸 안에 피가 다 쏟아져서 죽는데, 이놈은 허벅지 동맥의 위치가 반 뼘이나 더 안쪽에 있어. 말하자면 흉수는 동맥을 정확하게 찔렀지만 이놈이 변종(變種)이라는 사실은 몰랐던 거지."

"어떻게 그럴 수가 있지?"

"봐봐. 여기 튀어나온 핏줄 보이지. 이게 동맥이야."

소화랑은 보통 사람보다 훨씬 안쪽에 있는 도무탄의 허벅지 동맥을 제대로 보여주기 위해서 그의 음경과 음낭을 들어 올려 그 아래쪽을 가리켰다.

"아… 정말 그러네?"

소화랑은 털이 수북한 음경과 음낭에서 손을 놓고 마치 어물전에서 문어를 잡았다가 놓은 것처럼 손가락을 이불에 슥슥 문지르며 허리를 폈다.

"이놈을 찌른 자는 급소를 정확하게 노렸어. 전문가의 솜씨라고 할 수 있지. 심장과 복부의 내장, 그리고 허벅지의 동맥은 그중 한 군데만 찔려도 반각 이내에 죽고 마는 치명적인 부위야."

"그런데 이 사람은 안 죽었어."

"이 자식 운이 억세게 좋은 거지."

두 사람은 자연스럽게 도무탄의 얼굴을 쳐다보다가 한순

간 똑같이 움찔하며 놀라는 표정을 지었다.

도무탄이 눈을 뜨고 있었기 때문이다. 눈을 뜬 것만이 아니라 눈동자를 굴리며 두 사람을 번갈아 쳐다보았다. 도대체 언제부터 눈을 뜨고 있었던 것인지 모를 일이다.

"이… 이 자식 눈 떴잖아?"

소화랑이 놀라서 말까지 더듬거렸다.

"오빠."

"왜?"

"이 사람더러 이 자식이라고 하지 마."

"아… 그래."

소화랑은 도무탄이 혼절해 있는 동안에는 줄곧 이 자식이나 이놈 저놈 하다가 깨어난 후에도 버릇처럼 그런 말이 튀어나와 약간 머쓱한 표정을 지었으나 곧 도무탄을 굽어보면서 진지하게 물었다.

"형씨 누구요?"

도무탄은 최초의 말을 하기 위해서 잠시 호흡을 가다듬었고 두 사람은 긴장된 얼굴로 지켜보았다.

"나……."

도무탄의 입에서 나직한 목소리가 흘러나왔다.

"도무탄이다."

드디어 그가 말을 하자 소진은 기뻐서 두 손을 가슴에 모으고 눈물을 글썽였다.

그녀는 도무탄이 누군지 모르지만 그가 말을 했다는 사실에 감격을 한 것이다.

그러나 소화랑은 쭉 찢어진 세모꼴의 날카로운 눈을 약간 크게 뜨면서 놀란 표정을 짓다가 도무탄의 입으로 귀를 기울였다.

"지금 뭐라고 했소?"

"나 도무탄이다."

"에… 에?"

소화랑은 조금 전에 자기가 잘못 들은 것이 아니라는 사실을 깨닫고는 소스라치게 놀라 벌떡 일어서면서 이상한 소리를 냈다.

"오빠, 왜 그래?"

소진이 이상하다는 표정으로 올려다보면서 묻는데도 소화랑은 일어서서 경악하는 표정으로 도무탄을 쳐다볼 뿐 아무 말도 하지 못했다.

도무탄은 소화랑이 놀라고 있는 동안 눈동자를 이리저리 굴려 움막 안을 둘러보았다.

그러나 지금은 밤인데다 세 사람 주위에 등잔불 하나만 있어서 움막의 천장조차도 보이지 않았다.

그는 실내를 살피는 것을 그만두고 자신의 오른쪽 허리께에 앉아 있는 소진을 쳐다보았다.

남루한 옷을 입고 깡마른 모습이지만 곱게 빗은 머리와 단정한 모습이 인상적이다.

도무탄은 이 볼품없는 초라한 소녀가 자신을 살렸다는 사실을 잘 알고 있다.

소화랑이 몇 푼의 돈을 벌려고 강물 속에서 시체를 건져 왔었는데, 그 시체가 돈은 고사하고 재수 없게도 아직 숨이 붙어 있었으니 매란걸이라면 어느 누구라도 그 상황에서는 내다 버렸을 것이다. 그러니 도무탄을 버리려고 했었던 소화랑 탓이 아니다.

그랬는데 소진이 눈물로 애원을 해서 도무탄이 차가운 강물에 버려지는 것을 겨우 모면했으며, 이후 밤낮으로 정성을 다해 그를 치료하여 오늘에 이른 것이니, 이 초라한 소녀가 도무탄에게는 생명의 은인인 것이다.

소진은 아직도 놀란 얼굴로 서 있는 소화랑에게서 시선을 거두어 도무탄을 쳐다보다가 그가 자신을 빤히 주시하고 있는 것을 발견했다.

"이름이 뭐냐?"

"소진이에요."

소진은 시체나 다름이 없던 도무탄을 자신이 정성을 쏟아서 치료를 하여 살려냈다는 사실에 가슴이 벅찼다.

"이 사람은 제 오빠 소화랑이에요."

도무탄이 소화랑을 쳐다보자 소진이 소개를 하며 그의 팔을 잡고 끌어당겨 앉혔다.

소화랑은 소진 옆에 엉거주춤 앉아서도 도무탄 얼굴에서 시선을 떼지 못하다가 겨우 진정을 하고 입을 열었다.

"이름이 도무탄이라면… 설마 당신이 무진장(無盡藏) 대인이라는 말입니까?"

"그렇다."

"오빠, 그게 무슨 말이야?"

소진은 화들짝 놀라서 소화랑을 쳐다보았다. 그의 말을 알아듣지 못해서가 아니라 정말 이 사람이 무진장이냐고 확인하는 것이다.

그녀는 도무탄이라는 이름은 몰라도 무진장이라는 별호는 귀가 따갑도록 들었다.

"못 들었느냐? 이 사람이 자기 입으로 자기가 무진장이라고 말하지 않느냐?"

소진은 눈을 동그랗게 뜨고 도무탄을 바라보았다.

"정말 당신이 무진장 무 대인(無大人)이신가요?"

"그래."

도무탄은 이제 여유마저 조금 생겨서 엷은 미소를 머금었다. 이제 자신이 눈을 떴으며 또 말을 하게 되었으니까 모든 것이 다 순조롭게 풀릴 것이라는 생각이 들어 미소가 저절로 나왔다.

소화랑 소진 남매는 자신들이 구한 사람이 태원 최고 갑부인 무진장이라는 사실에 제정신이 아니다.

도무탄의 무진장이라는 별호는 자신이 아니라 태원 성민들이 지어준 것이다.

한도 끝도 없는 것이 무진장이라는 말이다. 다시 말해서 도무탄의 재산이 무진장이라는 뜻이다. 재산이 얼마나 많으면 별호가 무진장이겠는가.

태원 제일의 부호라면 산서성을 통틀어 제일부호라는 뜻이나 다름이 없다.

태원의 성민들은 물론이고 이곳 매란촌에서도 사람들의 입에 가장 많이 오르내리는 이름이 무진장이다. 부러움과 질투, 원망이 가득한 심정으로 툭 하면 무진장을 들먹이기 때문이다.

얼마나 재산이 많으면 태원을 중심으로 백여 리 이내에서 그가 소유한 땅을 밟지 않고는 오 리 이상 걸어갈 수가 없으며, 그가 거느리고 있는 전장(錢莊), 표국(驃局), 상단(商團), 주루, 기루 등 수많은 점포를 거치지 않고는 밥 한 끼를 먹지 못하고 옷 한 벌조차 제대로 입지 못한다는 말이 나돌 정도다.

그런 어마어마한 인물이 매란촌 움막 안 자신들의 앞에 누워 있으니 소화랑과 소진이 정신을 차리지 못하는 것은 너무도 당연했다.

"너희가 나를 강에서 건진 지 얼마나 지났느냐?"

"그게……."

"이십칠 일이에요."

도무탄의 물음에 아직도 제정신을 차리지 못하고 있는 소화랑은 긴가민가하여 고개를 갸웃거리는데 정확하게 기억하고 있는 소진이 또렷하게 대답했다.

"이십칠 일이나……."

도무탄은 적잖이 놀랐다. 그의 생각으로는 그저 사나흘 정도 지난 것 같았다.

그런데 조금 전에 깨어났을 때 소화랑과 소진의 대화에서 자신이 눈을 떴다가 혼절한 지 사흘이 흘렀다는 말을 듣고 적잖이 놀랐었다.

"후우……."

그는 길게 숨을 토해내고 나서 소진에게 물었다.

"지금 내 상태는 어떠냐?"

소진은 이불을 걷고 가슴과 복부, 허벅지의 상처를 고루 살피고 나서 대답했다.

"몸속은 어떤지 모르지만 겉은 거의 다 나아가고 있어요. 상처는 딱지가 앉아서 곧 아물 거예요."

겉은 다 나아가고 있는데 도무탄이 아직도 움직이는 것이 어렵고 여전히 혼절과 깨어나는 것을 반복하고 있다면 몸속의 상처가 아직 온전한 상태가 아닌 것이 분명했다.

하긴 칼을 가슴과 복부, 허벅지에 그토록 깊이 찔렸는데 쉽사리 아물겠는가. 죽지 않고 아직 살아 있으며 회복되고 있다는 사실이 기적이다.

도무탄은 자신이 언제 또 혼절할지 모르기 때문에 그전에 이들에게 당부할 말이 있다.

"너 내 집에 좀 다녀와라."

"집이라면… 천보궁(天寶宮) 말입니까?"

도무탄의 말에 소화랑은 움찔 놀라서 물었다. 그는 언제부턴가 도무탄에게 깍듯하게 대하고 있다.

도무탄의 집은 그냥 집이 아니라 궁궐이나 다름이 없으며 정식 명칭이 천보궁이다.

가난이 지긋지긋했던 그는 황제가 산다는 북경의 자금성보다 더 으리으리한 집에서 살고 싶었다.

그래서 엄청난 돈과 인력을 투입하여 일 년여의 대공사 끝에 올해 가을에 완공된 것이 천보궁이다.

물론 규모나 면적 면에서 자금성보다는 못하지만 그 내부는 오히려 자금성을 찜 쪄 먹고도 남을 정도로 굉장하다고 다들 입을 모았다.

그러므로 태원의 모든 사람이 무진장을 소황제(小皇帝)라 부르고, 천보궁을 소자금성(小紫禁城)이라 부르는 것도 무리가 아니었다.

"거기에 가서 제가 뭘 합니까?"

"내 아내를 만나서 내가 여기에 있다고 전해라."

"북방일미(北方一美)… 에게 말입니까?"

"그래."

소화랑은 극도로 긴장해서 혀로 마른 입술을 축였다.

태원제일미녀이며 북방일미라는 아호를 갖고 있는 방아미가 무진장의 여자라는 사실은 잘 알려져 있다.

"그녀에게 내가 여기에 있다는 사실만 전하면 되는 간단한 일이다."

도무탄은 부드러운 눈빛으로 소화랑과 소진을 쳐다보았다. 소화랑이 그 정도 심부름마저 하지 못할 것이라고는 생각하지 않았다.

"너희에겐 큰 상을 주겠다. 평생토록 펑펑 써도 다 쓰지 못할 큰돈을 주고 너의 모친은 태원에서 제일 뛰어난 의원에 입원시켜 주겠다."

"아아… 정말인가요?"

"그렇다."

소진은 두 손을 가슴에 모으고 꿈을 꾸는 듯한 표정을 지었다. 모친을 살리려는 그녀의 가장 큰 소망이 이루어지려 하고 있었다.

"음, 그런데 말입니다."

그런데 소화랑은 기뻐하기는커녕 진지한 표정을 지으면서 도무탄의 얼굴을 똑바로 주시했다.

"나는 무진장 대인을 한 번도 본 적이 없어서 잘 모르겠는데… 당신 정말 무진장 대인이 맞습니까?"

도무탄은 소화랑이 충분히 그렇게 의심할 수 있다는 생각에 빙그레 미소를 지었다.

이런 상황에서도 께름칙한 것은 반드시 짚고 넘어가려는 성격이 마음에 들었다.

"내가 바로 무진장 도무탄이다."

"그렇다면 이상하잖습니까?"

"뭐가 말이냐?"

소화랑의 얼굴은 진지함에서 굳은 표정으로 변했다.

"무 대인께서 칼에 찔리고 한밤중에 강에 버려진 것은 어마어마한 사건입니다. 그게 사실이라면 태원성 전체가 발칵 뒤집히고 포리(捕吏)와 쾌반(快班:포도군사)들이 성 전체에 쫙 깔려서 살인범을 잡으려고 난리가 나서 성민들이라면 그 사실에 대해서 모르는 사람이 없어야 하는 것 아닙니까?"

"그렇지."

"그런데 그런 일은 없었습니다."

도무탄은 흠칫했다.

"없었다고?"

"우리가 당신을 강에서 건져낸 다음 날부터 지금까지 성내는 평일과 다름없이 늘 조용했습니다."

"그럴 리가……."

소화랑은 더욱 진지한 표정을 지었다.

"그리고 천보궁의 주인이 바뀌었다고 합니다."

"뭐야?"

소화랑은 고개를 갸웃거렸다.

"자세한 것은 모릅니다. 그저 들리는 풍문에 북방일미가 천보궁의 새 주인이 됐다고 들었을 뿐입니다."

소화랑처럼 밑바닥 인생이라고 해도 천보궁의 주인이 바뀌었다는 엄청난 소문은 들을 수 있었을 것이다.

"아미가……."

도무탄은 믿을 수 없다는 듯 중얼거렸지만 그 순간 머릿속을 번뜩이면서 스쳐 지나는 몇 가지 생각이 있다. 하지만 그 생각을 입 밖에 꺼내지는 않았다.

아래턱이 뾰족하고 더벅머리에 쭉 찢어진 날카로운 눈을 지닌 소화랑은 냉철한 표정을 지었다.

"그렇다면 이것은 둘 중 하나의 상황일 것입니다."

"그게 뭐냐?"

도무탄은 소화랑을 조금 달리 보기 시작했다. 다른 놈들 같으면 자기가 구한 사람이 무진장이고, 천보궁에 다녀오라고 하면 상금을 받을 생각에 입이 귀에 걸려 앞뒤 가리지 않고 심부름을 갔을 텐데 이놈은 추호도 서두르지 않을뿐더러 냉정하게 상황을 정리하고 또 판단까지 하는 여유를 보이고 있는 것이다.

소화랑은 세웠던 두 손가락을 하나씩 접었다.

"당신이 무진장 대인이 아니거나 아니면 이 일에는 뭔가 음모가 있는 것입니다."

"음모?"

도무탄은 미간을 좁혔다. 조금 전에 그는 소화랑의 설명을 듣고 자신이 습격을 당하고 또 강에 버려진 일련의 사건에 대해서 의심이 생겼었다.

눈에 보이는 것, 그리고 제일 먼저 떠오르는 것만이 전부는 아닐 것이라는 생각이다.

그는 몹시 생각이 많고 또 복잡한 사람이며 절대로 호락호락한 성격이 아니다.

그가 보통 사람들처럼 녹록하며 또 탁월한 두뇌가 없었다면 지금의 성공을 거두지 못했을 것이다.

지금으로부터 이십칠 일 전 자정이 거의 다 된 한밤중에 벌어졌던 사건은 그렇게 간단한 일이 아니다.

우선 도무탄과 방아미를 호위하는 이십 명의 호위무사는 하나같이 태원에서 날고 기는 일류다.

더구나 호위대장인 흑풍권(黑風拳) 양원평(梁元平)은 장인이 될 진권대협 방현립의 제자 중에 한 명으로서 산서성 전체를 통틀어 열 손가락 안에 꼽히는 고수다.

그런 호위무사들이 철통같이 지키고 있는 천보궁의 삼엄한 경계를 뚫고 세 명의 괴한이 그리 쉽게 침입했다는 사실이 께름칙했다.

그 시각에 양원평과 호위무사들이 자리를 비웠다고 해야지만 가능한 일이다.

평소에 의심이 많아서 돌다리도 두드려 보고 건널 정도이며 또 꼼수에 밝은 심모원계(深謀遠計)의 도무탄이다. 하지만 지금은 자신이 죽었다가 겨우 소생했다는 기쁨에 겨워 있는 상황이어서 냉철한 이성을 지니고 있기가 어려웠다. 그러므로 만약 소화랑이 그런 지적을 하지 않았다면 그냥 지나칠 뻔했다.

물론 나중에 스스로 깨닫게 되겠지만 사태의 심각함으로 봤을 때 그때가 되면 시기를 놓치고 말 것이다.

"너 이름이 뭐라고 했느냐?"

"소화랑입니다."

도무탄이 차가운 눈빛으로 쏘아보며 묻자 소화랑은 그의 시선을 피하지 않고 마주 쳐다보며 대답했다.

목과 이마에 힘줄이 곤두선 것으로 봐서는 몹시 긴장하고 있는 것이 분명한데, 그럼에도 도무탄의 시선을 피하지 않는 강인함을 보이려고 애쓰는 기색이 역력했다.

"천보궁에는 가지 마라."

소화랑은 도무탄이 자신의 말을 듣고 뭔가 깨우치기를 원했는데 그대로 된 것 같아서 마음이 놓였다.

사실 소화랑은 도무탄이 무진장이라는 사실에 크게 놀라기는 했지만 그것이 거짓말이라는 생각은 하지 않았다.

도무탄이 상금으로 큰돈을 준다고 했을 때 소화랑은 이것이 자신에게 두 번 다시 찾아오지 않을 일생일대의 기회라는 생각이 들었다.

큰돈도 좋고 모친을 최고의 의원에 입원시키는 것도 좋지만 그보다는 무진장 같은 인물의 심복이 되고 싶다는 열망이 더 컸다.

그렇게만 되면 돈 같은 것들은 그냥 자연적으로 따라올 것이기 때문이다.

그런데 도무탄이 천보궁에 다녀오라고 하는데 소화랑 생각으로는 그게 아니었다.

무진장이 살해당했다면 태원이 발칵 뒤집혀야 하는데 그

러지 않은 것이 매우 이상했다.

그래서 이 일에는 뭔가 있을 것이라는 생각에 자신의 뜻을 밝힌 것이다.

“천보궁 말고 네가 다녀와야 할 곳이 있다.”

도무탄은 소화랑이 다녀올 곳을 힘겹게 말해주고는 곧 정신을 잃었다.

第三章

양상군자(梁上君子)

소화랑은 숨도 크게 쉬지 못하는 상태에서 벌써 세 시진 넘도록 무릎을 꿇고 있다.

무릎이 끊어질 것 같고 저리는 단계를 지나서 지금은 아예 하체에 감촉이 없다.

그의 옆에는 당당한 체구의 청년 한 명이 단정한 자세로 무릎을 꿇고 있다.

그 청년은 소화랑하고는 달리 무릎을 꿇고 있는 것이 추호도 고통스럽지 않은 듯했다.

아니, 오히려 편안해서 열반(涅槃)의 경지에 들어간 고승처럼 보였다.

두 사람 소화랑과 청년은 혼절해 있는 도무탄 옆에 나란히 무릎을 꿇고 있는 것이다.

도무탄은 혼절하기 전에 소화랑에게 누굴 데려오라고 시켰는데 지금 그의 옆에 무릎 꿇고 있는 청년이 바로 그다.

원래 소화랑은 매란촌에서도 성질이 더럽고 깐깐해서 함부로 건드리지 못하는 놈으로 유명했다.

되로 주고서 말로 되돌려 받는다는 말이 있는데, 소화랑을 건드리면 딱 그런 식이었다.

그래서 매란촌 사람들은 될 수 있는 한 그와 부딪치지 않으려고 한다.

그렇지만 딱 두 가지 경우에 한해서만 소화랑은 자신의 성질을 죽인다.

하나는 밥줄이 걸려 있는 상황이고, 또 하나는 목숨이 걸렸을 경우인데 지금은 후자다.

그의 옆에 앉아 있는 사내는 별명이 잔야구(殘野狗)다. 야구가 들개라는 뜻이니까 말하자면 잔인한 들개다.

태원에서 잔야구를 모르는 사람은 단 한 명도 없다고 단언할 수 있다.

좋은 뜻에서가 아니라 나쁜 의미에서다. 아무리 선량한 사람이라고 해도 무조건 잔야구를 피하고 본다.

길이나 산속을 가다가 함정에 빠지고 덫에 걸리면 자칫 횡액을 당하기 십상인데 잔야구를 만난다는 것이 바로 그와 비슷하다.

태원에는 여덟 개의 하오문(下午門)이 있으며 그중 일곱 개가 각 지역을 장악하고 있는데 나머지 하나가 전체 일곱 개를 움켜쥐고 있다.

즉, 하나의 하오문이 다른 일곱 개 하오문의 우두머리 노릇을 하고 있는 것이다.

그 우두머리 하오문이 산예문(狻猊門)이며 여기에 있는 잔야구가 바로 산예문의 문주다.

과거에 태원의 여덟 개의 하오문은 도토리 키 재기하듯이 서로 아웅다웅 하루도 조용할 날 없이 싸움을 벌여서 살벌하기 짝이 없었다.

그 당시에 도무탄과 잔야구는 친구가 된 지 얼마 지나지 않았을 때였으며, 태원에서 자리를 잡아가고 있는 도무탄이 어느 날부터 전폭적으로 잔야구를 밀어줘서 태산 하오문계를 깔끔히 평정하게 해주었다.

그날 이후 잔야구는 태원 하오문계를 쥐락펴락하면서 자신이 할 수 있는 모든 수단으로 도무탄을 도와 그가 오늘날의 무진장이 되는 데 한 축을 담당했다.

도무탄이 지금과 같은 상황에서 소화랑더러 잔야구를 불

러오라고 시킨 것은 그를 가장 신임하기 때문이다.

깊은 밤중이므로 잔야구는 산예문에 없을 가능성이 컸다. 그래서 도무탄은 몇 명밖에 모르는 잔야구의 여자의 집을 소화랑에게 가르쳐 주었다.

이곳 매란촌을 하루아침에 사라지게 하는 것은 잔야구의 말 한마디면 된다. 그러니 소화랑이 기를 펴지 못하는 것이 이상한 일은 아니다.

도무탄과 잔야구가 생사를 초월하는 막역지우라는 사실을 알고 있는 사람은 여섯 명뿐이다. 그리고 그들 다섯 명은 모두 친구 사이거나 오른팔 심복이므로 비밀이 새어 나갈 일은 없다.

쇳덩이처럼 단단한 체구에 구레나룻과 턱수염을 거멓게 기르고 등에 칠흑처럼 새카맣고 커다란 도끼 한 자루를 메고 있는 잔야구는 혼절해 있는 도무탄의 얼굴에서 시선을 떼지 않은 채 지켜보고 있다.

잔야구는 소화랑에게 도무탄의 일에 대해서 한마디도 묻지 않았다. 도무탄이 깨어나면 직접 듣겠다는 뜻이다.

스르르…….

그런데 그때 소화랑의 상체가 잔야구에게 천천히 기울어졌다. 너무 오래 무릎을 꿇고 있었던 탓에 하체가 마비된 상태에서 상체가 균형을 잃은 것이다.

'이… 이런…….'

턱…….

소화랑은 당황했지만 어쩌고 할 새도 없이 옆머리와 어깨가 잔야구의 몸에 기대어졌다.

소화랑이 그 상태에서 바싹 긴장한 얼굴로 조심스럽게 쳐다보니까 잔야구가 무표정한 얼굴로 힐끗 마주 쳐다보았다.

'흐익?'

소화랑의 간이 콩알처럼 오그라들며 이제 죽었다는 생각이 머릿속을 가득 채웠다.

"궁효(穹曉)……."

그때 꺼질 듯 희미한 목소리가 들리자 움찔 놀란 잔야구와 소화랑은 동시에 도무탄을 쳐다보았다.

어느샌가 정신을 차린 도무탄이 눈을 뜨고 고요한 눈빛으로 잔야구를 응시하고 있었다.

궁효란 잔야구의 이름이고, 이름을 부르는 사람은 도무탄을 비롯한 몇몇 친구뿐이다.

"대형(大兄)……."

도무탄을 굽어보는 잔야구 궁효의 눈에 부드럽고 잔잔한 기운이 흘렀다.

마치 가족을 대하는 듯한 끈끈함이고, 억울함과 분노, 위로가 섞여 있었다.

도무탄은 처음부터 지금껏 궁효를 친구로 여기고 있지만 궁효는 그러지 않았다.

처음에는 친구였으나 도무탄의 전폭적인 지원을 받아 태원의 하오문계를 평정하고 난 이후에 궁효는 그를 깍듯하게 형, 그것도 대형으로 받들고 있다.

그것은 궁효를 비롯한 몇몇 친구도 마찬가지다. 그들은 도무탄이 자신에게 베푼 은혜를 잊지 못하는 것이다. 또한 도무탄이 자신하고는 차원이 다른 대단한 인물이라고 믿고 있기 때문이다.

"이게 어떻게 된 일입니까?"

궁효는 놀라움과 불신을 간신히 억누르며 물었다.

도무탄은 담담한 표정으로 소화랑을 쳐다보았다.

"화랑, 내가 얼마나 혼절해 있었느냐?"

소화랑은 도무탄이 이름을 불러주자 황망해서 급히 허리를 굽히며 대답했다.

"한나절 동안 혼절해 계셨으니까 하루가 지났습니다."

도무탄은 누운 채 궁효를 쳐다보았다.

"이십팔 일 전 나는 침상에서 세 명의 괴한에게 칼에 찔린 후에 자루에 담겨져서 몇 개의 돌과 함께 매란교 아래 강물에 던져졌었다."

"그런 일이……."

궁효는 화드득 몸을 떨고 눈을 희번덕이는데 너무 분노하여 말을 잇지 못했다.

"여기 있는 화랑과 진아가 날 구해서 치료했다. 하마터면 궁효 너도 못 보고 죽을 뻔했다."

궁효는 저린 다리를 펴고 두 손으로 주무르고 있는 소화랑과 그 옆에 다소곳이 앉아 있는 소진을 향해 돌아앉더니 이마가 바닥에 닿을 정도로 절을 했다.

"궁효, 두 분께 진심으로 감사드리오."

"어… 어이구! 이러시면……."

소화랑과 소진은 소스라치게 놀라 황급히 맞절을 했다. 소화랑은 자신이 살아생전에 잔야구의 절을 받게 될 줄이야 꿈에서조차 상상하지 못했었다.

궁효가 자세를 바로 하기를 기다렸다가 도무탄은 조용한 목소리로 말했다.

"혹시 내가 없는 동안 천보궁에 무슨 일이 있었는가?"

"그렇습니다."

궁효는 고개를 약간 숙이고 두 주먹을 힘껏 움켜쥔 채 굵고 무거운 목소리로 천천히 설명했다.

"대형께선 이십칠 일 전 아침에 형수님과 총관에게만 은밀하게 말씀을 남기시고는 홀연히 천하유람을 떠나신 것으로 되어 있습니다."

"천하유람?"

"네. 돌아올 때까지 천보궁과 해룡방(海龍幫)을 형수님께 맡긴다는 서찰을 남기셨다고 들었습니다."

"음……."

형수님이라는 건 방아미를 가리킨다. 이십팔 일 전 밤에 괴한에게 도무탄을 죽이지 말아달라고 울부짖으며 애원했었던 방아미였다.

그런데 다음 날 아침에는 아무 일도 없었다는 듯 도무탄이 천보궁과 해룡방을 자신에게 맡기고 천하유람을 떠났다는 말을 모두에게 공포했다는 것이다.

"그로부터 이틀 후에 형수님께서 천보궁주와 해룡방주에 취임하셨고, 많은 하객이 축하하러 모였습니다."

"하객들이라… 어떤 자들이 왔던가?"

"진권대협 방현립과 현관 구당림, 총포두 관보를 비롯하여 태원성의 관과 무림계, 상계 등의 거물이 거의 대부분 모였습니다."

도무탄은 잠시 눈을 감고 침묵하면서 생각을 정리했다. 굉장한 충격을 받았으나 그 정도는 수습할 수 있다. 문제는 천보궁과 해룡방을 동시에 뺏겼다는 냉엄한 현실이다.

지금은 뭐라고 단정할 수 없지만 소화랑이 말했던 대로 이 일에는 음모가 깔려 있는 것이 분명했다.

제일감(第一感)으로는 그 음모에 방아미와 부친 방현립, 호위대장 양원평, 총관 차주동(車柱棟) 등이 개입되어 있는 것 같았다.

한번 부자가 돼보겠다고 고향을 떠난 이후 지금껏 도무탄의 동물적인 직감, 특히 제일감은 빗나간 적이 없었다.

믿었던 도끼에 발등이 찍혔으며, 사랑했던 여자에게 혀를 깨물렸다.

"궁효, 할 일이 두 가지 있다."

"말씀하십시오, 대형."

궁효는 상체를 숙이고 귀를 기울였다.

늦은 아침나절, 매란촌에서 백여 장 떨어진 강둑 위에 평범한 모양의 마차 한 대가 서 있다.

움막에서 나온 한 무리의 사람이 매란촌을 벗어나 마차를 향해 걸어갔다.

새 옷을 입은 도무탄은 궁효에게 업히고 소화랑은 모친을 업고 소진이 맨 뒤에서 따르고 있다.

소화랑과 소진은 지난 일 년 반 동안의 희노애락이 짙게 배어 있는 움막을 떠나지만 남매를 배웅하거나 섭섭하다고 눈물짓는 사람은 아무도 없었다.

이곳은 감정이 증발해 버린 땅이다. 감정이란 배부르고 등이 따뜻할 때 저절로 우러나는 것이기 때문이다.

이들이 떠나고 나면 햇볕 잘 드는 노른자위 자리에 위치한 소화랑네 움막을 놓고 매란걸들끼리 한바탕 쟁탈전이 벌어질 것이다. 매란촌은 그런 곳이다. 삶이 각박하면 정도 황폐해지는 것이다.

"대형."

마차 옆에 서 있던 한 명의 청년이 궁효에게 업혀서 오는 도무탄을 보고 반가운 표정을 지었다.

막태(莫太)라고 불리는 청년은 궁효의 오른팔이며 그 역시 도무탄을 대형으로 부르고 또 모신다.

도무탄이 궁효에게 자신의 목숨을 선뜻 맡길 수 있는 것처럼, 궁효 역시 막태에게 그렇다.

궁효는 막태가 열어주는 마차 문 안으로 도무탄을 조심스럽게 눕혔다.

마차 안에는 두 사람이 누울 수 있게끔 이미 준비가 다 되어 있어서 도무탄 옆에는 모친을 눕히고 궁효와 소화랑, 소진은 그 옆에 앉았다.

막태는 잠시 마차 안을 살펴보고는 문을 닫고 마차를 출발시키기 위해서 마부석으로 돌아갔다.

소화랑은 도무탄이나 궁효, 막태 등에게서 눈에 띄는 하나의 특징을 발견했다.

세 사람이 매우 과묵하다는 사실이다. 도무탄은 하마터면 죽을 뻔했었던 그 엄청난 상황에 대해서, 그리고 자신의 모든 기반을 송두리째 빼앗긴 지금의 이 처절한 상황에서도 별달리 할 말이 없다는 듯한 모습이다.

그리고 얼핏 보기에도 도무탄의 최측근인 듯한 궁효와 막태도 거기에 대해서 자신의 의견을 늘어놓거나 섣부른 상상 따위는 하지 않았다.

소화랑은 그 점이 정말 마음에 들었다. 그는 말 많은 인간은 딱 질색이기 때문이다.

그런 인간들은 말보다 행동이 앞서는데다 감정의 기복이 들쭉날쭉해서 어떻게 비위를 맞춰야 할지 모를 때가 많아서 정말 피곤하다.

말이 없다고 해서 생각마저 없는 것은 아니다. 그것은 소화랑 자신을 보면 알 수 있다.

그는 필요한 말만 하지만 머릿속에서는 필요하지도 않은 별의별 것을 다 생각하고 있다.

우두두…….

마차가 출발하자 동시에 소화랑과 소진은 마차의 조그만 창을 쳐다보았다.

탁!

소화랑이 창을 열자 손바닥 두 개 크기의 창을 통해서 저

멀리 매란촌의 모습이 점점 멀어지고 있었다.

소화랑과 소진은 자신들에게 지금하고는 완전히 다른 새로운 인생이 시작되고 있다는 것을 느꼈다.

*　　*　　*

"헉헉헉……."

녹향(綠香)은 숨이 너무 차서 지금 당장에라도 심장과 허파가 폭발해 버릴 것만 같았다.

'지독한 놈들… 이제 포기할 때도 됐거늘…….'

녹향은 삼 년 전 봄에 하나의 물건을 훔친 적이 있는데 그것 때문에 그때부터 지금까지 쫓기는 신세가 되었다.

녹향의 직업은 좋게 말해서 양상군자(梁上君子:도둑)이고, 취미는 도둑질이며 특기도 도둑질이다. 그의 인생은 도둑질로 시작해서 도둑질로 끝난다.

그는 아무 거나 마구잡이로 훔치는 도둑들하고는 격이 달라서 청부받은 물건만 훔치는 것으로 알려져 있다.

즉, 누가 어떤 물건을 훔쳐달라고 청부를 하면 그것을 훔쳐서 갖다 주고 대가를 받는 것이다.

그렇다고 해서 청부를 받는 대로 이것저것 아무것이나 훔치지는 않는다.

우선 고가의 물건만 훔치고, 그다음은 훔치기 쉬운 것은 절대로 사절한다.

훔치기가 어려우면 어려울수록 긴장이 넘치고 그래서 가끔씩은 숨 가쁜 추격전도 벌어지는데 그는 그런 것을 즐기기 때문이다.

하지만 이번 건은 긴장이 너무 넘치고 또 숨 가쁜 추격전이 하루에도 몇 차례나 벌어지는 터에 그로 하여금 아예 넌더리를 치게 만들고 있다.

훔칠 물건이 있는 장소와 그 주변을 수십 차례 현장답사를 하고, 침입로와 도주로에 대해서도 주도면밀하게 연구했으며, 이번 건이 성공하면 한동안 어디 은밀한 곳에 푹 파묻혀서 숨죽이고 살아야겠다는 계산에서 새로운 신분까지도 완벽하게 준비하는 데 반년이 걸렸었다.

그런데 일이 이렇게까지 엄청나게 커져 버릴 줄은 전혀 예상하지 못했었다.

물건을 훔치는 것까지는 정말 그 자신이 생각해도 멋들어지게 성공을 했었다.

그러나 멋들어진 것은 그 물건을 훔치는 순간뿐이었으며 그때 이후 지금까지 단 한 번도 멋들어진 상황은 벌어진 적이 없었다.

왜냐하면 물건을 훔쳐서 담을 넘어 도주하던 그 순간부터 삼 년하고도 반년이 더 지난 지금까지 지겹도록 쫓기는 신세가 돼버렸기 때문이다.

그 물건을 훔치는 순간에 녹향은 앞으로 평생 사용할 수 있는 행운을 다 써버린 것 같았다. 그 이후부터는 그 망할 놈의 행운이라는 것이 지난 삼 년 반 동안 그에게 한 번도 일어나준 적이 없었다.

그렇지만 그에게 닥쳤던 모든 불행을 전부 합친다고 해도 그가 수많은 사선(死線)을 넘어서 천신만고 끝에 물건을 청부자 손에 넘겨주었을 때 벌어졌던 황당한 일만큼 불행하지는 않을 것이다.

녹향이 기쁜 마음으로 물건을 내밀자 청부자가 그것을 수령하기를 거절하는 초유의 사태가 벌어졌었다.

녹향의 손에서 물건이 전해지는 순간부터 청부자가 추격의 대상이 될 것이기 때문이다. 그래서 청부자는 녹향에게 다른 제의를 했다.

"청부대금을 두 배로 주겠네. 그 대신 나는 이 일과 전혀 관련이 없는 것으로 해주게."

그때까지 그런 말도 되지 않는 경우는 단 한 번도 일어난 적이 없었다.

그래서 녹향은 그런 사태에 대비한 규칙을 정해놓은 바가 없으며 어떻게 대처해야 하는지도 몰랐다.

그런데 거기까지 추격대가 들이닥쳤다. 녹향은 놀라서 죽어라고 도망치다가 등 뒤에서 청부자가 죽어가면서 내지르는 구슬픈 비명 소리를 들었다.

그리고 고독한 죽음의 도주는 바로 그때부터 시작되었다고 봐야 한다.

"학학학학……."

조금 쉬면 나아질 줄 알았더니 이제는 극도로 지친 나머지 손발까지 바들바들 떨려왔다.

누가 때려죽인다고 해도 더 이상은 한 발도 떼어놓지 못할 지경에 이르렀다.

지난 삼 년 반 동안 도망을 다니다가 추격대 놈들하고 벌인 드잡이질만 백여 차례는 넘을 것이다.

그런데 이틀 전에 벌인 싸움은 돌이켜 생각하는 것조차도 끔찍했다.

그 싸움에서 두 군데 심각한 상처를 입은 탓에 공력이 평소의 이 할에도 못 미치는 상태가 돼버렸다.

'아… 젠장… 될 대로 돼라… 나도 모르겠다…….'

녹향은 어딘지도 모르는 곳에 벌러덩 네 활개를 펴고 자빠져 버렸다.

정말이지 이제는 누가 죽인다고 해도 더 이상은 도망칠 곳도 없으며 도망치고 싶지도 않았다.

* * *

"이제부터는 밥을 먹자."

"괜찮으시겠어요?"

도무탄은 입안이 아직 깔깔했으나 미음이나 죽을 먹어서는 기운을 차릴 수가 없고 밥을 먹어야지만 회복이 빠를 것이라고 생각했는데 소진의 생각은 다른 것 같았다.

"아직 밥은 무리일 것 같아요."

"밥을 해다오."

"네! 대인!"

그의 말을 소진이 어찌 거역하랴. 그녀는 씩씩하게 대답하고는 밥을 하기 위해서 쪼르르 밖으로 달려나갔다.

이 집은 원래 산예문 소유로 얼마 전까지 한 가족이 생활을 하다가 이사를 간 곳이다.

태원성 서문(西門) 밖 개울가에 혼자 덩그렇게 위치해 있는데, 몇 그루 나무가 서 있는 아담한 마당에 한쪽에는 우물이 있어서 물을 길으러 개울까지 가지 않아도 된다.

대문을 들어서 마당을 지나면 자그마한 건물이 두 채 나란히 서 있으며, 왼쪽 건물에는 부엌과 식당이 있고 오른쪽에는 방이 세 개가 있다.

집 안에는 생활에 필요한 모든 가재도구와 부정지속(釜鼎之屬)이 고루 갖추어져 있어서 몸만 들어와서 살면 된다.

도무탄은 의원에 가지 않기로 했다. 그를 습격하고 천보궁과 해룡방을 가로챈 무리가 태원 성내를 활보하고 다니는 한 그로서는 돌아다니지 않는 편이 좋다는 생각이다. 괜히 그들의 눈에 띄어서 좋을 게 없다.

여기까지 도무탄을 데려다준 궁효와 그의 심복 막태, 그리고 소화랑은 병든 모친을 의원에 입원시키기 위해서 마차를 타고 함께 갔다.

아픈 사람에 대해서는 모든 것을 의원에서 알아서 할 테니까 소화랑은 모친을 입원시키고 좀 지켜본 후에 이곳으로 돌아올 것이다.

궁효는 도무탄이 내린 명령을 수행하러 갔다. 도무탄의 명령은 이십팔 일 전 밤에 천보궁에 침입하여 자신을 죽이려고 했던 세 명의 괴한이 누구인지 알아내라는 것이다.

그리고 그들과 방아미가 무슨 연관이 있는지, 또한 그 일에 어떤 자들이 어떻게 연루되었는지도 알아내라고 아울러 명령했다.

소진은 처음에 이 집을 보는 순간 마음에 꼭 들었다. 그렇지만 고향집보다도 훨씬 더 크고 근사한 이 집을 마음에 들어 한다는 사실이 지나치게 욕심을 부리는 것 같아서 아무에게도 내색하지 않았다.

어렸을 때부터 집안일을 줄곧 해온 소진에게 밥 짓는 일보다 쉬운 일은 없다.

그녀는 반 시진 만에 점심 식사를 뚝딱 만들어서 쟁반에 담아 도무탄에게 가져갔다.

그러나 도무탄은 밥을 먹으려고 노력했지만 세 수저를 뜨기도 전에 포기하고 말았다. 씹는 것도 힘들었으며 도저히 목구멍으로 넘어가지 않았다. 역시 밥을 먹는 것은 아직은 무리인 듯했다.

"그럼 죽을 드시겠어요?"

"그래."

밥을 해 오라고 요구했었던 그는 소진의 조심스러운 물음에 고개를 끄떡였다.

딸깍…….

소진은 갖고 온 쟁반에 놓인 그릇의 뚜껑을 열었다. 거기에는 구수한 향기를 풍기는 따뜻한 죽이 담겨 있었다.

도무탄은 소진이 밥을 하면서 동시에 죽까지 한 사실을 깨달았다.

밥을 해 오라는 도무탄의 말을 거역하지 않으면서 어쩌면 그가 밥을 삼키지 못할지도 모른다는 생각에 죽까지 해 왔으니 얼마나 생각이 깊은 아이인가.

그녀는 도무탄에게 미음이나 죽을 먹일 때마다 그의 상체를 일으켜서 자신의 왼쪽 어깨에 기대게 한 자세를 취했다. 마치 어머니가 아기를 안는 듯한 자세인데 도무탄으로서는 매우 편안했다.

“물 떠 올게요.”

소진은 도무탄에게 죽 한 그릇을 다 먹이고 나서 그의 몸 뒤에 이불과 베개를 돋우어 비스듬히 기대게 해주고는 쟁반을 들고 밖으로 나갔다.

도무탄은 편안함을 느끼면서 눈을 감았다. 얼마 전까지만 해도 툭하면 정신을 잃었는데 소화랑이 궁효를 데리고 온 뒤로는 아직까지 혼절을 하지 않고 있는 중이다.

막태가 상처 치료와 회복에 좋은 약들을 의원에서 구해 소화랑과 함께 이곳으로 올 것이다.

그리되면 도무탄은 의원에서와 비슷한 치료를 받게 될 것이니 회복 시기를 당길 수가 있다.

문득 도무탄은 무슨 흐릿한 기척을 느꼈으나 소진이 물을 떠 온 것이라고 여겨서 눈을 뜨지 않았다.

그러나 곧 그게 아니라는 생각이 들었다. 방금 느낀 것은 아주 미미한 기척으로써 마치 착각처럼 느껴졌다. 물을 뜨러

갔던 소진이 그렇게 들어올 리가 만무하다.

"……!"

그래서 슬며시 눈을 뜨던 도무탄은 웬 낯선 사내가 침상 옆에 우뚝 서서 자신을 굽어보고 있으며 그의 옆구리에 소진이 매달려 있는 것을 발견하고 움찔 놀랐다.

도무탄으로서는 한 번도 본 적이 없는 낯선 삼십 대 중반의 사내였다.

오른쪽 어깨에는 한 자루 고색창연한 검을 멨지만, 일신에 입고 있는 옷은 남루하기 짝이 없었다.

헝클어진 머리카락에 지친 기색이 역력하며 며칠이나 세수를 하지 않았는지 꼬락서니가 형편없었다.

그렇다고는 해도 사내의 본래 지니고 있는 헌앙한 용모는 감출 수가 없었다.

갸름한 얼굴 윤곽에 하얀 살결, 이목구비가 뚜렷하고 눈이 서글서글하며 전체적으로 수려하면서도 이국적인 준수한 용모다.

어쨌든 이자는 이십팔 일 전에 도무탄을 습격했던 괴한 중에 한 명은 아니라서 도무탄은 조금 안도했다.

도무탄은 자신을 습격했던 세 명의 괴한의 얼굴을 비록 잠깐 동안 봤었지만 죽을 때까지 그들의 얼굴을 잊어버리지 않을 것이다.

무엇이라도 한 번 보면 잊어버리지 않는 눈썰미 또한 그의 훌륭한 재산 중에 하나다.

그렇다고 해도 이자가 그 괴한들하고 한 패가 아니라는 보장은 없다.

정말 그렇다면 도무탄은 이 자리에서 꼼짝없이 죽음을 맞이하게 될 것이다.

사내는 물끄러미 그러나 예리한 시선으로 도무탄을 잠시 살피더니 실내를 두리번거렸다.

그러는 사이에 도무탄도 낯선 사내를 살피다가 그가 자신을 습격했던 괴한들과 같은 패거리가 아닐 것이라는 생각이 들었다.

첫째, 사내가 입고 있는 옷은 남의 단삼인데 옷감이 기환(綺紈)이라는 종류이며, 최고급의 비단에 아름다운 문양을 넣은 것으로 한 필에 은자 몇 백 냥이나 할 정도로 비싸다. 사내가 오랫동안 옷을 갈아입지도 빨지도 않았지만 기환을 입고 있을 정도면 결코 범상한 신분은 아닐 터이다.

도무탄을 습격했던 괴한들은 평범한 싸구려 경장을 입고 있었으니, 이 낯선 사내가 그들의 동료라면 이런 값비싼 옷을 입고 있을 리가 없다.

둘째로 도무탄은 지금까지 한 번도 접해본 적이 없는 기운을 이 낯선 사내에게서 느꼈다.

뭐라고 꼭 집어서 설명할 수는 없지만 생소하면서도 매우 강한 분위기 같은 것이었다. 그런 느낌은 괴한들에게는 없는 것이었다.

"그 아이를 어떻게 한 것이오?"

툭…….

"죽이지 않았다."

도무탄이 처음으로 입을 열어서 묻자 사내는 옆구리에 끼고 있던 소진을 도무탄 옆에 던지듯 내려놓으며 대꾸했다. 사내는 처음부터 도무탄을 전혀 경계하지 않았었다.

도무탄이 옆에 내려진 소진을 쳐다보니까 마침 그녀의 얼굴이 그를 향하고 있는데 그녀는 귀신을 본 듯이 놀라서 커다랗게 뜬 눈을 깜빡거렸다.

도무탄은 낯선 사내가 소진의 혈도를 제압했을 것이라고 생각했다. 그는 무공을 배운 적은 없지만 혈도를 제압해서 움직이지도 말을 할 수 없게도 만들 수 있다는 것 정도는 알고 있다.

"보아하니 너는 아픈 모양이로구나."

슥…….

사내는 손을 뻗어 서슴없이 도무탄의 손목을 잡더니 잠시 맥을 짚어보고는 손을 놔주었다.

"너는 혼자서 용변도 보지 못할 정도로군."

단지 한 차례 맥을 짚어보는 것만으로 도무탄의 상태를 정확하게 짚었다.

사내는 더 이상 경계할 것이 없다는 듯 도무탄의 발치께 침상에 걸터앉으며 중얼거렸다.

"아아… 나는 이틀 동안 아무것도 먹지 못하여 뱃가죽이 등에 붙어버렸다."

이즈음 도무탄은 낯선 사내가 자신을 습격한 괴한들하고는 아무런 상관이 없다고 확신했다.

사내의 몰골로 보아 먼 길을 온 듯했으며 배가 고프다고 하니 밥을 먹여주면 고이 물러갈 것이라 여겼다.

"이 아이를 움직이게 해주면 밥을 지어 오라 하겠소."

그의 말에 사내는 도무탄 옆에 웅크리고 있는 소진을 굽어보았다.

"너희는 남매냐?"

"그렇소."

남매가 아니라고 하면 거기에 대해서 또 설명을 해야 할 테니까 귀찮아진다.

도무탄은 사내가 잠시 상체를 꼿꼿하게 세운 자세로 가만히 있는 모습을 쳐다보았다.

처음에는 사내가 무얼 하는 것인지 몰랐는데 두 귀가 쫑긋거리는 것을 보고 그가 바깥의 기척을 살피는 것이라는 사실을 깨달았다.

그렇다면 이 사내는 누군가에게 쫓기고 있는 모양이다. 귀한 옷을 입고 있는데도 남루해진 것이나 씻지 못한 꾀죄죄한 몰골이 그것을 보충적으로 설명해 주고 있다.

슥…….

사내는 도무탄과 마주보는 자세로 쓰러져 있는 소진의 어깨와 턱을 스치듯이 슬쩍 어루만지며 제압했던 마혈과 아혈을 동시에 풀어주었다.

"아……."

소진은 곧 몸을 부르르 떨고 나서 발딱 일어나 앉아 경계하듯 사내를 바라보았다.

사내는 눈으로는 소진을 쳐다보고 턱으로 도무탄을 가리키면서 조금도 무섭지 않은 얼굴로 위협했다.

"딴짓하지 않고 밥을 해 오면 네 오빠는 무사할 것이다."

도무탄은 사내가 그렇게 말하면서 얼굴에 귀찮고 힘든 기색이 역력한 것을 발견하고 소진에게 시켰다.

"진아, 어서 밥을 해 와라."

소진은 입술을 잘근잘근 깨물면서 사내를 쏘아보았다.

"만약 우리 오라버니에게 몹쓸 짓을 한다면 저는 죽어서 귀신이 돼서라도 당신을 괴롭힐 거예요."

사내는 얼굴을 찌푸리며 손을 저었다.

"너처럼 밤톨만 한 계집애까지 날 괴롭힌다는 게냐?"

털썩!

"앗!"

"괴롭힘을 당하는 건 이제 지긋지긋하니까 너는 어서 밥이나 지어 오너라. 에구구… 좀 눕자."

사내는 커다란 손으로 도무탄 옆에 앉아 있는 소진의 엉덩이를 밀어서 침상 아래로 떨어뜨리는 것과 동시에 자신이 그 자리에 벌렁 누우면서 앓는 소리를 냈다.

바닥에 주저앉았던 소진은 발딱 일어나 두 손으로 궁둥이를 쓰다듬으면서 사내를 노려보았다.

"나는 괜찮다. 가서 밥해 오너라."

도무탄이 말하자 소진은 머뭇거리다가 밖으로 나갔다.

눈동자를 옆으로 굴려 사내를 쳐다본 도무탄은 조금 어이없는 표정을 지었다.

사내가 어느새 잠이 들어버렸기 때문이다. 이런 상황에서도 가늘게 코까지 골면서 자는 것을 보면 몹시 고단했던 모양이다.

고단한 것도 고단한 거지만 사내의 배짱 한번 대단했다. 그런 게 아니라면 아픈 도무탄 따위는 안중에도 없다는 뜻일 게다.

第四章

고금제일권법(古今第一拳法)

일각 후에 소진은 쟁반에 밥과 간단한 요리 두어 가지를 갖고 들어왔다.

아까 도무탄을 위해서 준비해 두었던 밥이 있어서 그것을 데워서 가져온 것이다.

그런데 그때까지도 사내가 낮게 코를 골면서 자고 있어서 도무탄이 그를 깨워야만 했다.

비록 그가 자고는 있지만 꼼짝도 하지 못하는 도무탄이나 소진으로서는 그를 제압할 능력이 전혀 없었다.

되지도 않을 일을 섣불리 시도하는 것보다는 아예 아무것도 하지 않는 편이 좋다.

"밥 먹으시오."

"어……."

그 한마디에 사내는 벌떡 일어나더니 소진의 손에서 쟁반을 낚아채서 바닥에 퍼질러 앉아 허겁지겁 먹어댔다.

도무탄은 비로소 천천히 사내를 관찰했다. 사람이나 사물을 관찰하는 것은 그의 오랜 습관이다.

무엇이든지 시간을 갖고 자세히 관찰을 해보면 여러 가지를 발견하게 된다.

그다음에 방법을 세우든지 아니면 결정을 내리면 실패할 확률이 그만큼 줄어든다.

도무탄은 사내가 입고 있는 옷에서 두 가지 새로운 사실을 발견했다.

그것은 옷 여기저기 찢어지고 예리한 무기 같은 것에 베이고 찔린 자국과, 또한 말라붙은 핏자국과 생긴 지 얼마 안 되는 핏자국이었다.

그것을 보고 도무탄은 나름대로 하나의 가설을 세웠다. 사내는 꽤나 이름을 날리고 있는 무림인이며, 누군가에게 쫓기게 된 지 오랜 시간이 흘렀고, 현재 몸에 상처를 입었으며 극도로 지친 상태가 거의 분명했다.

도무탄은 지금 상황을 차근차근 정리해 보았다. 궁효는 명령을 수행하느라 바빠서 내일 혹은 며칠 후에나 올 테지만, 도무탄을 호위하고 보살피기 위해서 막태와 소화랑은 머지않아서 이곳으로 올 것이다.

막태가 태원성의 하오문계에서는 당할 자가 없는 사나운 실력자이지만, 여기에 있는 사내는 진짜 무림고수이니 그를 당할 수는 없을 터이다.

사내가 비록 다쳤으나 막태나 소화랑쯤은 한 손으로도 상대할 수 있을 것이다.

막태나 소화랑이 도착하면 도무탄이 뭐라고 하기도 전에 한바탕 드잡이가 벌어질지도 모른다.

또한 사내가 밥을 배불리 먹고 나면 이곳을 떠날 텐데 추격자들에게 흔적을 남기지 않기 위해서 도무탄과 소진을 죽일 수도 있다.

아니, 도무탄이 사내의 입장이라고 해도 사내가 정말 쫓기는 신세라면 지금 같은 상황에서는 당연히 도무탄 등을 죽일 것이다.

그렇다면 도무탄으로서는 그전에 손을 써야만 한다. 사내가 죽이려고 행동을 취할 때면 너무 늦다.

거기까지 생각이 미친 도무탄은 마음이 급해져서 사내를 날카롭게 주시하며 방법을 강구했다.

그러다가 그가 밥을 다 먹고 젓가락을 내려놓는 순간에 슬적 운을 뗐다.

"곤란한 상황에 처했소?"

정공법(正攻法)을 선택했다. 빙빙 에두르는 것보다는 그게 더 잘 먹힐 것 같았다.

그렇게 말하면서 도무탄은 사내에게서 시선을 떼지 않았다. 최초에 어떤 반응을 보이는지가 중요하기 때문이다. 찰나지간 떠오르는 본성이 지나가면 서둘러서 만들어낸 위선과 가식의 표정이 떠오를 테니까 말이다.

만약 도무탄이 아닌 다른 사람이라면 사내에게서 별다른 반응을 발견하지 못했을 것이다.

그 정도로 사내는 태연자약했으며 그 반면에 도무탄의 눈은 매서웠다.

도무탄은 사내의 옆얼굴이 찰나지간 팽팽해지는 것과 속눈썹이 파르르 떨리는 것을 발견했다.

그런 반응은 도무탄이 기대했던 것이며 사내가 곤란한 상황에 처했다는 것을 인정한다는 뜻이다.

아홉 살 때 태원성에 나온 이래 지금 이 순간까지 도무탄은 수많은 사람을 상대하는 과정에서 방금 사내가 보여준 것 같은 표정을 수백 번도 더 발견했었다.

사내가 무림고수일지는 모르지만 그전에 피와 살로 이루어진 인간이기에 이런 상황에서 보여주는 반응은 여느 사람과 똑같을 수밖에 없다.

도무탄은 사내가 생각할 틈을 주지 않았다.

"어쩌면 내가 당신을 도울 수 있을지도 모르겠소."

도움을 줄 수 있으니까 우리를 죽이려는 생각 따위는 그만두라는 것이다. 상부상조(相扶相助), 누이 좋고 매부 좋고 좋은 게 좋은 거다.

말(言)은 생각을 방해한다. 더구나 정곡을 찌르는 말은 생각의 방해를 넘어서 놀라게 만든다.

무력으로는 사내가 우위일지 모르지만 언변(言辯)이라면 도무탄이 한 수 위가 분명하다. 혀는 뼈가 없지만 뼈를 부러뜨릴 수도 있다.

"네까짓 놈이 무얼 안다고 건방지게 구는 게냐?"

사내는 발끈했다. 정곡을 찔린 반응을 감추려 하지 않고 여과 없이 그대로 드러냈다. 보기보다는 단순한 성격이다.

이런 상황에서 심기가 깊은 사람은 어떻게 도와줄 수 있느냐면서 넌지시 상대를 떠보면서 나름대로는 내심으로 계산을 할 터이다.

하지만 지금 사내 같은 반응은 최하책이다. 그렇다면 도무탄으로서는 상대하기가 편해진다.

"내가 보기에 당신은 누군가에게 쫓기고 있는 것 같소만……."

그 말에 사내는 조금 전보다 더 노골적으로 흠칫하는 표정을 지어 보였다.

스윽…….

그리고는 천천히 일어서더니 도무탄을 향해 돌아서서 사나운 눈빛으로 그를 굽어보다가 이불을 걷었다.

투둑…….

이어서 그의 상의를 가볍게 잡아채서 앞섶을 뜯어버려 상체 맨몸이 훤히 드러나게 만들었다.

왼쪽 가슴과 복부 한가운데에 약을 바르고 붙인 헝겊이 나타나자 그것마저 떼어냈다.

벌겋게 딱지가 앉아서 아물고 있는, 그렇지만 얼마 전까지는 매우 심했을 것 같은 상처가 드러났다.

그제야 사내는 날카로웠던 표정이 조금 풀어졌다. 도무탄이 누워서 꼼짝도 하지 못하는 신세라는 것을 진맥만이 아닌 눈으로도 확인을 했기 때문이다.

사내는 평소에도 조심성이 많은 성격이지만 지금 같은 상황에서는 더욱 그럴 수밖에 없다.

"무슨 짓이에요?"

그때 소진이 겁도 없이 두 손으로 힘껏 사내를 밀쳐냈다. 그녀는 지금 상황이 몹시 겁이 났지만 사내가 도무탄에게 해코지를 하는 것 같아서 가만히 있을 수가 없었다.

사내는 슬쩍 옆으로 한 걸음 비켜서더니 소진이 상처에 금창산을 바르는 것을 잠시 물끄러미 보다가 도무탄을 쳐다보았다.

"어째서 날 돕겠다는 것이냐?"

"그건 당신이 더 잘 알 것이오."

도무탄은 에둘러서 말하지 않았다. 이런 상황에서 말을 빙빙 돌리는 것은 오히려 역효과다.

사내는 입술 끝으로만 묘하게 엷은 미소를 지었다.

"영리한 놈이로군."

도무탄은 그 미소를 보고 과연 그가 이곳을 떠날 때 자신과 소진을 죽일 작정이었다는 사실을 확인했다.

살의(殺意)라는 것은 속에 감춰져 있을 때보다 표면으로 드러났을 때가 더 위험하다.

감춰져 있는 살의는 언제든지 마음을 바꿔도 상대가 알아차리지 못하지만, 한 번 드러냈었던 살의는 설사 나중에 마음이 변해서 거둔다고 해도 살의를 드러냈었던 사실까지 사라지지는 않기 때문이다.

그래서 이미 드러낸 살의는 번복할 수 있는 기회가 있음에도 불구하고 그대로 집행되는 경우가 많다.

그러므로 도무탄으로서는 목숨을 건 도박이 이미 시작되었다고 할 수 있다.

방아미가 연루된 괴한들에게서 겨우 살아난 목숨이 자칫 하면 정체도 모르는 낯선 사내의 손에 날아가 버릴 수도 있는 것이다.

"날 어떻게 도울 수 있다는 것이냐?"

사내는 기진맥진한 상태에서 정처 없이 길을 가던 도중에 외딴 집을 발견하고 밥이나 한술 얻어먹을까 해서 불쑥 이 집에 들어왔었다.

그런데 집 안 침상에 거동도 못하고 누워 있던 청년이 범상한 인물이 아니라는 사실을 비로소 느끼기 시작했다.

"나라면 당신을 안전하게 해줄 수 있을 것 같소만."

도무탄은 사내에게는 엄청난 말을 아무렇지도 않게 태연한 얼굴로 중얼거렸다.

"네깟 놈이 어떻게……."

도무탄은 엷은 미소를 지으며 사내의 말을 잘랐다.

"무림에서 누가 당신더러 '네깟 놈이' 라고 말하면 기분이 어떻겠소?"

"……."

사내는 말문이 막혔다. 그는 무림에서 절대로 '네깟 놈이' 라는 말을 들을 만한 인물이 아니다.

오히려 그의 별호를 대면 백이면 백 다 놀라 자빠지고 또한 눈을 씻고 다시 쳐다보게 되어 있다.

사내는 도무탄의 말이 무슨 뜻인지 알아차렸다. 사내가 무림에서 제법 이름을 날리듯이 도무탄 역시 어느 방면에서는 그렇기 때문에 함부로 말하지 말라는 것이다.

더불어서 그 말에는 사내를 도울 만한 충분한 능력이 있다는 뜻까지도 내포되어 있었다.

사내는 조금 전에야 비로소 도무탄을 '범상치 않은 놈' 으로 보기 시작해 놓고는 이제 다시 '대단한 놈' 일지도 모른다고 생각하게 되었다.

"좋아. 네가 날 도울 수 있다면 너희 둘을 죽이지 않겠다고 약속하마."

사내의 '죽인다' 라는 말에 도무탄의 상처에 금창산을 바르고 헝겊을 대주던 소진이 깜짝 놀라 눈을 크게 떴다.

도무탄이 던진 미끼를 사내가 덥석 물었다. 어리석어서 물었다기보다는 선택의 여지가 없기 때문일 것이라고 도무탄은 판단했다.

그러나 아무리 불리한 상황이라고 해도 원래의 목적만 견지하는 것은 수단 좋은 장사꾼의 자세가 아니다.

어쨌든 장사꾼이라면 무조건 이문을 남겨야만 한다. 그래야 좋은 장사꾼이다.

제대로 발견하지 못했을 뿐이지 언제 어느 상황에서든 기회는 반드시 존재한다.

그리고 기회는 종종 위기의 모습으로 위장하고 있다는 사실을 도무탄은 경험을 통해서 잘 알고 있다. 위기를 기회로 바꾸는 것이야말로 최고의 장사꾼이다.

"그러는 것은 거래가 아니오."

"거래라고?"

"그렇소. 내가 당신에게 뭔가를 해주면 당신도 내게 무엇을 주어야 하는 것이 거래요."

사내는 이놈 간이 배 밖으로 나왔구나라는 표정을 지었다가 일단은 참아보기로 하는 눈치다.

"너희를 죽이지 않겠다고 하지 않았느냐?"

"그럼 나도 당신을 죽이지 않겠소."

"이 자식이?"

사내가 와락 인상을 쓰는데도 도무탄은 태연했다.

"그 조건이 마음에 들지 않소?"

"나는 지금 당장에라도 네놈을 죽일 수 있지만 그러지 않겠다는 것이다. 하지만 너는 나를 죽일 능력이 없는데도 죽이지 않겠다고 말하는 것은……."

"천만에."

도무탄이 빙긋 엷은 미소를 지었다.

'웃어?'

사내는 설핏 어이없다는 표정을 지었다.

도무탄은 어느새 배포 넘치는 천보궁주이며 해룡방주 무진장의 모습으로 돌아가 있었다.

"당신이 우리를 죽이고 이 집을 나선다면 얼마나 더 살아 있을 것 같소?"

"무슨 개소리를……."

"당신은 당신을 쫓는 추격자들로부터도 안전하지 못한 상태에서 나를 죽이고 엎친 데 덮친 격으로 내 수하들에게도 쫓기는 신세가 될 것이오. 그러니 절대로 살아서 태원성을 벗어나지 못할 것이오. 나는 지금 죽고 당신은 잠시 후에 죽을 테니까 길어야 하루 이틀 차이가 있을 뿐이오. 저승길에 당신을 만나면 지금하고는 상황이 달라질 것이오."

사내는 미친개에게 불알을 물린 듯한 표정을 짓더니 결국 떨떠름한 얼굴로 물었다.

"너… 도대체 누구냐?"

도무탄은 이제야 거래가 본격적으로 시작되고 있다는 생각이 들었다.

"혹시 무진장이라고 들어봤소?"

"네가……."

직업상 천하의 부자들에 대해서 잘 알고 있는 사내는 눈을 휘둥그렇게 떴다.

무진장이라는 별호가 천하에서 몇 손가락 안에 꼽히는 대부호라서가 아니라, 자신의 눈앞에 누워 있는 청년이 변방에 속하는 태원제일부자라는 사실이, 그것도 우연의 일치치고는 참으로 묘하게 이런 상황에서 그와 마주쳤다는 것이 신기하기 때문이다.

"이제 당신이 누군지 밝히면 거래가 시작될 것 같소만……."

다행히 사내는 거래하는 법을 알고 있는 인물이었다. 그는 새삼스러운 표정으로 도무탄을 응시하더니 착 가라앉은 목소리로 말했다.

"나는 녹향이라고 한다."

"녹향."

도무탄은 흠칫 표정이 변했다. 사내가 직업상 천하의 부자들에 대해서 잘 알고 있어야 하는 것처럼, 도무탄 같은 부자들 역시 천하에 내로라는 대도(大盜)나 명도(明盜), 즉 도둑들에 대해서 잘 알고 있어야 한다. 그것은 순전히 방어적인 차원에서다.

그리고 도무탄이 알고 있는 바에 의하면 눈앞에 있는 이 사내 녹향은 천하제일의 도둑이다.

소화랑과 막태가 오는 바람에 도무탄과 사내 녹향의 거래가 잠시 중단됐다.

태원의 하오문계에서 가장 사납기로 소문난 막태는 방으로 들어서다가 사내 녹향을 발견한 순간 자신이 한낱 벌레고 녹향이 대붕이라는 사실을 본능적으로 직감했다. 녹향에게서 뿜어지는 강렬한 기도를 감지한 것이다.

그렇지만 도무탄을 보호해야 한다는 사명감은 조금도 위축되지 않았다.

막태는 방에 들어서는 순간 낯선 사내가 도무탄을 위협하고 있다고 간파하고 그 즉시 허리춤의 두 자 길이 북방도(北方刀)를 뽑으며 공격해 가려는데 도무탄의 짧은 말이 그를 붙잡았다.

"손님과 거래 중이다."

막태는 움찔 동작을 멈추더니 북방도를 거두고서 소화랑을 데리고 조용히 밖으로 나갔다.

"진아, 차를 내오너라."

"네."

도무탄은 소진에게 말하고 녹향에게는 창 쪽의 탁자를 눈으로 가리켰다.

"앉도록 하시오."

녹향은 바깥을 경계하는 듯하더니 탁자 앞 의자에 가서 궁둥이를 붙이는데 그다지 편해 보이지 않았다.

"다쳤소?"

"견딜 만하다."

"얼마나 여유가 있소?"

추격자들이 언제쯤이면 들이닥칠 것 같으냐고 도무탄이 묻자 녹향은 씁쓸한 표정을 지었다.

"내 딴에는 죽어라고 도망쳤는데 앞으로 길어야 한나절 정도 여유가 있을까?"

도무탄의 신분이 무진장이라는 사실을 알고 나서 녹향의 거친 언행이 눈에 띌 정도로 누그러졌다.

어쩌면 도무탄이 자신을 안전하게 만들어줄지도 모른다는 한 가닥 희망이 생겼기 때문일 것이다.

지금까지 그는 추격자들로부터 무작정 도망만 쳤었지 누군가의 도움을 받아본 적이 없었다. 자신의 일은 누가 도와서 될 일이 아니고 전적으로 혼자서 해결해야 한다고 생각했기 때문이었다.

그러나 도무탄의 제안을 받고 나서 생각이 바뀌었다. 그럴 만한 능력이 있는 인물이 전폭적으로 도와주면 삼 년 반에 걸친 이 지긋지긋한 추격전을 끝낼 수 있을지도 모른다는 생각이 들었다.

"언제부터 도망 다닌 것이오?"

"삼 년하고도 반년이나 됐다."

도무탄은 어이없는 표정을 지었다.

"삼 년 반 동안 추격자들은 당신을 놓친 적이 없었소?"

"한 번도 없었다. 그들은 아마 내가 죽어서 재가 되도 찾아낼 것이다."

"추격자들은 누구요?"

녹향은 그들을 생각하는 것만으로도 목이 조이는 듯한 표정으로 대답했다.

"소림사(少林寺) 중들이다."

"소림사……."

도무탄은 '소림사' 라는 말을 듣는 순간 가슴이 답답해지는 느낌을 받았다.

그는 무림인들만큼 무림에 대해서 잘 알지는 못하지만, 장사를 하려면, 그리고 각계각층 사람들과 거래를 하다 보면 무림에 대해서 자연히 알게 된다.

더구나 소림사는 무림과는 상관없이 천하의 존경을 받는 태산북두(泰山北斗) 같은 존재라서 모를 수가 없다.

그런데 설마 녹향을 추격하는 사람들이 소림승려일 줄은 예상하지 못했었다.

아마도 천하제일도둑 녹향은 소림사의 물건을 훔친 모양인데, 만약 도무탄이 녹향을 돕게 되면 그 역시 소림사의 적이 될 것이다.

녹향은 자신이 '소림사' 라고 말하는 순간 도무탄이 어떤 반응을 보일지 궁금했으나 그의 표정이 조금도 변하지 않는 것을 보고 놀라면서도 한편으로는 믿음이 갔다.

"그래도 거래를 계속하겠느냐?"

녹향은 소림사라는 사실을 알고 나서 도무탄의 마음이 변하지 않았을까 슬쩍 떠봤다.

그때 소진이 차를 가지고 들어와서 머뭇거리더니 녹향 앞에 찻잔을 놓고 차를 따랐다.

"나도 다오."

도무탄이 말하자 소진은 금세 환한 표정을 짓고는 차 한 잔을 따라서 그의 곁으로 다가왔다.

후룩…….

죽을 먹일 때처럼 소진이 상체를 안고 머리를 자신의 어깨에 기대게 하여 찻잔을 입에 대어주자 도무탄은 충분히 여유를 갖고 한 모금을 마셨다. 오랜만에 마신 다향이 입안에 가득 하자 기분이 조금 좋아졌다.

녹향도 차를 마시면서 도무탄을 응시하는데 과연 그가 무슨 말을 할지 매우 궁금한 표정이다.

"내 요구를 말하겠소."

그 말은 추격자가 소림사임에도 불구하고 거래를 하겠다는 뜻이다.

"말해라."

도무탄의 말에 녹향은 부지중 조금 긴장했다.

"천하에서 제일 강한 권법을 배우고 싶소."

"뭐어……?"

녹향은 어이없는 듯한 표정을 지었다가 곧 돌처럼 차갑게 굳은 표정으로 변했다.

"이유를 말해다오."

"나를 칼로 찌른 자들의 우두머리에게 복수하고 싶소."

"그자가 누구냐?"

"진권대협일 것이라고 추측하고 있소."

녹향은 고개를 갸웃거렸다.

"그런… 별호도 있었느냐?"

도무탄은 조금 어이없다는 표정을 지었다.

"태원에서 제일 큰 진권문의 문주를 모른다는 말이오?"

녹향은 씁쓸한 표정으로 고개를 가로저었다.

"모른다."

"나를 알면서 진권대협은 모르다니……."

"해룡방주 무진장은 제법 이름이 알려져 있지만 진권대협이라는 이름을 알고 있는 사람은 천하에 몇 명 되지 않을 것이다."

"그렇소?"

"무진장은 천하에서 백 명 안에 꼽히는 부호이지만 진권대협이라는 자는 무림에서 백 명 안에 꼽힐 정도의 고수가 아니지 않느냐?"

"무림에서 백 명 안에 꼽히면 고강한 것이오?"

녹향은 조금 어이없다는 표정을 지었다.

"그걸 말이라고 하느냐? 수십만 명의 무림인 중에서 백 위(百位) 안에 든다면 거의 무적이라고 할 수 있다."

"당신은 몇 위쯤 되오?"

"어?"

도무탄의 예상하지 못했던 물음에 녹향은 움찔했다.

"당신은 백 위 안에 드오?"

"음, 나는 천 위(天位) 안에는 들 것이다."

녹향은 그렇게 말해놓고서 쑥스러운 듯 얼굴을 슬쩍 붉혔다.

도무탄은 새로운 사실을 하나 알게 되었다. 그는 자신보다는 진권대협 방현립이 훨씬 더 유명한 인물일 것이라고 생각해 왔었다. 그리고 실상 방현립은 태원에서 최강자처럼 군림하고 있다.

녹향은 탁자에 놓여 있는 주전자를 들어 차를 한 잔 더 따르며 말했다.

쪼르르…….

"복수라면 내가 진권대협이라는 자를 죽여주마. 아니면 진권문 전체를 몰살시켜 줄 수도 있다."

도무탄은 녹향이 흉수들을 죽여주는 것은 전혀 마음에 들지 않았다.

"솔직하게 말하겠소. 얼마 전에 나는 괴한들에게 습격을 당해서 칼에 찔려 죽기 직전까지 갔었소."

녹향은 차를 마시면서 묵묵히 들었다.

"죽음의 문턱에서 나는 깨달은 것이 있소. 제아무리 돈이 많아도 힘 앞에서는 무력하다는 사실이오. 돈은 주먹이나 칼을 이길 수 없소."

녹향은 고개를 가로저었다.

"아니다. 천하에는 몇 푼의 돈을 벌기 위해서 부자들의 개노릇도 마다하지 않는 무림고수가 수두룩하다. 내가 무엇 때문에 도둑이 되었겠느냐? 다 돈을 벌기 위해서다. 천하에 돈보다 더 강력한 힘을 발휘하는 것은 없다."

그의 말도 일견 맞지만 도무탄은 자신이 차디찬 강바닥에서 뼈저리게 느꼈던 것이 훨씬 더 중요하다고 생각했다.

"어쨌든 나는 진권대협을 죽이는 것만이 목적이 아니라 정말로 강해지고 싶소. 앞으로도 그런 끔찍한 경험은 하고 싶지 않소. 최소한 내 몸은 내가 지키고 싶은 것이오."

"음."

녹향은 한동안 골똘하게 생각에 잠겼다. 도무탄이 천하에서 가장 강한 권법을 배우고 싶다는 요구를 할 줄은 예상하지 못했었다.

그것은 마치 녹향의 품속에 무엇이 있는지 다 알고서 하는 얘기 같았다.

하지만 그럴 리가 없다. 다만 우연의 일치치고는 기가 막혔다. 녹향은 이윽고 진중하게 말문을 열었다.

"어째서 권법이냐? 검법이나 도법이 더 강하다고 생각하지는 않느냐?"

도무탄은 고개를 가로저었다.

"무기를 사용하는 것은 번거로워서 싫소."

"이유가 단지 그것뿐이냐?"

"그렇소."

녹향은 결국 자신이 삼 년 반 동안 품에 안고 있었던 것을 내놓아야겠다고 결정했다.

"마침 지금 내게 권법비급(拳法秘笈)이 있다."

그는 자신의 가슴을 슬쩍 두드려 보였다. 품속에 권법비급이 있다는 뜻이다.

"원한다면 이걸 네게 주마."

도무탄은 눈을 빛냈다.

"혹시 그것이 소림사에서 훔친 것이오?"

"그렇다."

녹향을 소림사로부터 구해준다면 도무탄과 소림사는 적이 되고 만다.

거기에 소림사의 권법비급 하나를 얻는다고 해서 문제될 것은 없다는 생각이다.

"그 권법은 얼마나 강하오?"

녹향은 득의한 표정에 입가에는 가소롭다는 미소를 지었다.

"내가 알기론 고금제일(古今第一)이다."

"고금제일……."

천하제일도 아니고 고금제일이라고 했다.

"그래서 삼백여 년 전에 소림사에서 이 권법비급을 회수한 것이다."

도무탄이 알지 못하는 새로운 사실들이 자꾸 툭툭 튀어나왔다.

"소림사 권법이 아니오?"

무림이나 무공에 대해서 잘 모르는 도무탄은 무술 특히 권법은 소림사가 최강이라고 알고 있었다.

"아니다."

녹향은 품속에 지니고 있는 권법비급의 주인이 어쩌면 도무탄일지도 모른다는 생각이 들었다. 자고로 하늘이 내린 물건에는 주인이 따로 있다고 했다.

아무리 억만금을 준다고 해도, 그리고 살인을 해서 강탈한다고 해도 하늘이 점지한 주인이 아니면 종국에는 그 물건이 그 사람을 떠난다고 하지 않던가.

문득 녹향은 자신에게 품속의 권법비급을 청부했던 청부자가 추격자, 즉 소림승려들에게 죽음을 당했던 사실을 기억해 냈다.

그러고 보면 청부자도 이 권법비급의 진정한 주인은 아니었다는 뜻이다.

또한 녹향은 지난 삼 년 반 동안 도주하는 과정에서 품속의 권법비급을 처리하려고 많은 시도를 했었으나 번번이 불발로 그쳤었다.

그런데 이제 와서 생각해 보면 권법비급의 주인이 따로 있었기 때문에 그랬던 것 같았다.

"삼백여 년 전에 한 인물이 무림에 출현하여 천하를 종횡하며 불과 일 년 만에 천팔백이십 번을 싸워서 천팔백이십 승을 거두는 대사건이 벌어졌었다."

도무탄은 움찔 놀랐다. 그는 모르는 일이지만 그게 사실이라면 실로 어마어마한 일이다.

일 년에 천팔백이십 번을 싸웠다면 하루도 쉬지 않고 매일 다섯 번씩 싸웠다는 것이고 모두 이겼다는 것이니 기절초풍할 얘기다.

"그리고 천팔백이십 명의 무림고수가 죽었다."

"모두 죽었다는 말이오?"

"한 명도 살아남지 못했다."

"그런……."

도무탄은 그것만은 쉽게 믿어지지 않았다. 삼백여 년 전의 한 인물이 천팔백이십 번을 싸워서 모두 이긴 것까지는 그렇다고 쳐도 그중에서 단 한 명도 살아남은 사람이 없었다는 것까지는 불신이 생겼다.

"그는 정정당당한 일대일 대결이었다고 주장했으나 소림사를 위시한 구대문파(九代門派)에서는 너무 많은 살인을 했다는 이유로 그를 혈살성(血殺星)이라고 규정, 전 무림에 그 인물에 대한 무림추살령(武林追殺令)을 내렸다."

"무림추살령……."

도무탄도 '무림추살령'이라는 말을 들은 적이 있다. 그것은 무림의 아홉 기둥인 소림사와 무당파(武當派) 등 구대문파가 논의를 거쳐서 결의하는 것으로써, 무림에 피바람을 일으키는 인물을 제거, 제압하는 지상명령이다.

무림추살령이 내려지면 구대문파에서 엄선한 제자들로 추살대(追殺隊)를 결성하여 혈살성을 죽이거나 잡아들인다. 이때 전 무림의 방파나 문파, 무림인들은 정, 사, 마의 구분 없이 무조건 추살대를 도와야 한다.

"그러나 그 인물은 추살대에 호락호락하게 제압되지 않았으며 오히려 도주하는 과정에 구대문파의 제자 육백여 명과 무림 고수 이천여 명을 죽였다. 이후 구대문파에서는 몇 배나 많은 제자를 파견했으며, 무림추살령이 내려진 지 오 년 만에 결국 그 인물은 추살대 천여 명에게 포위되어 치열한 싸움 끝에 추살대 팔백여 명을 죽이고 나서 끝내 제압되고 말았지. 그로써 그는 무림에 출현한 지 육 년 만에 영원히 사라졌었다."

설명을 마친 녹향은 다시 한 번 자신의 가슴을 가볍게 두드렸다.

"그 인물의 권법비급이 내게 있다는 것이고 그걸 너에게 주겠다는 것이다."

도무탄은 묘한 흥분을 느꼈다.

"그 인물이 누구요?"

"하겠다고 하면 가르쳐 주겠다."

도무탄은 고민할 것도 없다고 생각했다. 녹향의 설명대로라면 그야말로 천하제일, 아니, 고금제일권법이 분명하다.

"하겠소."

녹향은 그럴 줄 알았다는 듯 엷은 미소를 지었다. 아마도 삼 년 반 만에 지어보는 미소일 것이다.

"무림에서는 그 인물을 천신권(天神拳)이라고 불렀다."

"주먹의 천신… 천신권. 어울리는 별호로군."

딸깍…….

녹향은 빈 찻잔을 내려놓고 나서 다시 자신의 가슴을 쓰다듬었다.

"너는 소림사로부터 나를 자유롭게 해주어야 하고 또 이 권법비급에 대한 대금을 지불해야 한다."

"얼마요?"

"내게 이것을 갖다달라고 청부했던 자는 천만 냥을 주겠다고 했었다."

"금화요?"

"……."

녹향은 가볍게 흠칫했다. 순간적으로 그는 고개를 끄떡이려다가 그만두었다.

이미 기회를 놓쳤으므로 뒤늦게 고개를 끄떡이면 사람만 우습게 될 것 같았다.

"아니, 은자다."

속이 무지하게 쓰렸다.

"주겠소."

그러나 녹향은 곧 속으로 회심의 미소를 지었다. 사실 그에게 청부했던 인물이 약속했던 금액은 은자 이백만 냥이었고, 청부자가 죽었으니 돈을 받을 길은 막막했었다.

그랬는데 그는 다섯 배나 튀겨서 불렀고 도무탄은 선선히 주겠다고 말했다.

천하제일의 도둑인 녹향이 지금까지 가장 큰 액수를 받은 것은 은자 백만 냥이었다.

청부자는 녹향을 추격하던 소림제자들에게 죽었으므로 액수에 대한 것은 이제 녹향만 알고 있고 그 자신만 입을 다물고 있으면 되는 일이다.

"자, 이제 당신의 처신에 대해서 얘기해 봅시다."

"어떻게 해줄 수 있느냐?"

"당신이 원하는 곳 어디든지 은자 천만 냥과 함께 보내주겠소. 물론 추격자들은 없을 것이오."

"권법비급은?"

"당신이 원하는 곳에 도착해서 주시오."

녹향으로서는 최상의 조건이다. 그는 손가락으로 탁자를 두드리면서 잠시 생각하다가 말했다.

"사실 나는 가족도 갈 곳도 없다. 그러니까 그냥 잠잠해질 때까지 네 곁에 머물면 안 되겠느냐?"

"안 될 것 없소."

"그러다가 추격이 완전히 떨어져 나가고 또 네가 천신권의 권법을 어느 정도 익히면 적당한 때에 떠나겠다."

"그러시오."

도무탄으로서는 그 편이 번거롭지 않아서 훨씬 좋다.

도무탄은 막태를 방으로 불러서 녹향을 인계했다.

"태야. 이 사람을 완전히 다른 신분, 다른 모습으로 만들어서 산예문 당주(堂主)에 임명해라."

"세신(洗身)하는 것입니까?"

"그래. 그리고 소림사가 이 사람을 추격하고 있으니까 따돌려라."

"그것뿐입니까?"

"그렇다."

녹향은 자신이 삼 년 반에 걸쳐서 갖은 고생을 다 한 도주의 일을 이 두 사람이 매우 간단하게 얘기하는 것을 들으며 미심쩍은 마음이 생겼다.

도무탄은 녹향을 쳐다보았다.

"돈은 언제 주면 되오?"

"떠날 때 다오."

"그럼 권법비급도 떠날 때 줄 것이오?"

녹향이 생각하기에도 그건 지나친 것 같았다. 더구나 이제부터 자신은 도무탄에게 신세를 져야 하는 상황이다.

슥—

"여기 있다."

녹향은 품속에 손을 넣었다가 하나의 얄팍하고 검은 물건을 누워 있는 도무탄에게 내밀었다.

녹향은 천신권의 권법비급, 아니, 권혼(拳魂)이라 불리는 물건을 도무탄에게 주었다.

"그것은 권혼이라고 한다."

"무슨 뜻이오?"

"나도 모른다. 거기에 그렇게 적혀 있다. 아마 소림사에서 붙인 이름인 것 같다."

녹향은 물건을 턱으로 가리켰다. 그는 권혼을 선뜻 내주는 것에 대해서 추호도 염려하지 않았다.

만약 약속을 지키지 않거나 수상한 짓이라도 하면 도무탄이나 그의 패거리쯤은 한주먹 거리도 되지 않으니 깡그리 해치우고 권혼을 되찾으면 된다고 생각했다.

아마 그때쯤이면 도무탄이 추격자들을 다 따돌렸을 테니까 녹향으로서도 손해 볼 것은 없다.

도무탄은 아직 손을 움직이지 못하기 때문에 소진이 대신 권혼을 받아서 그의 무릎 위에 올려놓았다.

여전히 상체를 세우고 있는 도무탄이 굽어보니 무릎에 놓여 있는 물건은 손가락 한 마디 두께의 반질반질한 검은 가죽 상자였다.

그리고 가죽상자 한가운데에 핏빛 글씨로 '拳魂[권혼]' 이라고 적혀 있는 것이 보였다.

녹향을 데리고 다른 방으로 들어간 막태는 평범한 경장 한 벌을 그에게 주었다.

"이 옷으로 갈아입고 몸에 지니고 있는 것들은 전부 이곳에 놔두시오. 태워 버릴 것이오."

녹향은 시키는 대로 하지 않고 뻣뻣하게 서서 막태에게 물었다.

"너는 뭐하는 놈이냐?"

"잠시 후에 당신 상전이 될 사람이오."

"상전?"

"나는 산예문 총당주요."

녹향은 떫은 감을 씹는 표정을 지었다. 조금 전에 도무탄이 막태 더러 녹향을 산예문 당주로 임명하라고 했었다. 그런데 막태가 총당주라면 녹향의 상전이 되는 것이다.

그렇지만 진짜 산예문 당주가 되는 것은 아니니까 기분이 조금 꿀꿀한 것은 참을 만하다.

"이제 옷을 갈아입을 테니 나가라."

녹향은 막태를 방에서 내쫓았다.

第五章

변방풍운(邊方風雲)

"그들은 갔습니다."

소화랑이 막태와 녹향이 탄 마차가 떠나는 것을 보고 방으로 돌아와서 도무탄에게 보고했다.

"의원은 마음에 들었느냐?"

도무탄의 물음에 소화랑은 황송한 듯 허리를 굽혔다.

"태원 성내에서 제일 훌륭하고 용한 의원이었습니다. 궁어르신께서는 어머니의 병이 깨끗이 나을 때까지 의원에서 가장 좋은 치료를 받도록 배려해 주셨습니다. 정말 고맙습니다, 무 대인."

궁 어르신이란 잔야구 궁효를 가리키는 호칭이다.

도무탄은 빙그레 미소를 지었다.

"너희 남매는 내 목숨을 구해준 생명의 은인이다. 자, 이제 너희의 소원을 말해봐라."

도무탄은 녹향과의 거래를 잘 처리했으며 아직까지도 혼절하지 않고 있다는 사실에 기분이 매우 좋았다.

"무 대인, 소원이 있습니다."

소화랑이 기다렸다는 듯이 공손히 말하더니 갑자기 침상 바닥에 무릎을 꿇었다.

"죽을 때까지 무 대인을 곁에서 모시고 싶습니다."

그러더니 이마를 바닥에 대고 납작하게 엎드려서 진정함이 뚝뚝 묻어나는 목소리로 읊조렸다.

도무탄 옆에 앉아 있던 소진은 오빠의 난데없는 행동에 크게 당황하여 눈을 깜빡거리더니 곧 소화랑 옆에 나란히 무릎을 꿇고 납죽 엎드렸다.

"저두요."

도무탄은 눈을 감았다.

"알았다. 그러나 힘들면 언제든지 떠나도 된다."

"절대로 그런 일은 없을 겁니다!"

"저두요!"

외딴 집에서 도무탄은 밤을 맞이했다. 막태가 의원에서 갖고 온 좋은 약으로 소진이 치료를 했으며 약탕(藥湯)을 끓여서 복용하기도 했다.

녹향을 산예문으로 데려가서 인계한 막태가 용맹한 수하 두 명을 데리고 돌아와서 집 안팎을 호위하게 하고 자신은 방문 앞을 지켰다.

그럴 필요가 없으며 누가 시키지도 않았는데 소화랑은 마당과 대문 밖을 오가면서 짐짓 날카로운 눈빛으로 주변을 살피면서 경계를 섰다.

소진은 옆방의 푹신한 침상에서 잘 수 있도록 준비가 되어 있으나 혼자 자본 적이 없어서 무섭기도 하고 또 한밤중에 도무탄의 상태가 갑자기 어떻게 급변할지 몰라서 그와 함께 있기로 했다.

침상은 꽤 넓어서 둘이 자기에 부족함이 없지만 소진은 아픈 도무탄에게 피해를 줄까 봐 멀찍이 침상 끄트머리에 이불도 덮지 않고 옆으로 누웠다.

"가까이 와서 이불 속으로 들어와라."

"하지만 무 대인을 건드리게 될까 봐……."

"너는 곱게 자니까 괜찮다."

매란촌 움막에서 소진은 한 달 가까이 도무탄 옆에서 웅크리고 잤으나 워낙 움직이지 않고 곱게 자기 때문에 한 번도 그를 건드린 적이 없었다.

소진은 조심스럽게 이불 속으로 들어와서 벌레처럼 꼬물거리면서 도무탄에게 가까이 다가와 그를 보며 옆으로 웅크리고 누웠다.

도무탄은 그녀에게서 퀴퀴한 냄새가 나는 것을 느꼈다. 씻지 않고 머리를 감지 않아서, 그리고 때에 찌든 옷에서 나는 종합적인 냄새였다.

여태까지는 못 느꼈던 것을 이제야 느끼는 걸 보면 몸 상태가 많이 좋아진 것 같았다.

"진아."

"네. 무 대인."

그가 부드러운 목소리로 부르자 소진은 깜짝 놀라 몸을 더욱 옹송그리며 조그맣게 대답했다.

그를 발가벗겨 놓고서 치료를 하고, 대소변을 치우며 음경과 항문을 닦아주고, 그의 머리를 가슴에 안아서 죽을 먹이는가 하면, 그에게 해코지를 할까 봐 녹향을 거칠게 밀어버리기도 했었던 소진이지만 이럴 때는 그저 어리고 나약한 소녀일 뿐이다.

"너 몇 살이냐?"

"열일곱 살이에요……."

소진의 목소리가 자꾸만 기어들어 갔다.

도무탄은 소진의 나이를 열다섯 정도로 봤었다. 그만큼 조그맣고 어려 보였기 때문이다.

그런데 이제 보니까 잘 먹지 못한 탓에 더디게 성장을 해서 그랬던 것이다.

"나는 열아홉 살이니까 이제부터는 오빠라고 불러라."

"어떻게 감히……."

소진은 화들짝 놀라 고개를 들고 도무탄을 바라보았다.

"그리고 내일부터는 하루에 한 번씩 꼭 목욕을 하도록 해라."

"네?"

"너 냄새가 너무 많이 난다."

"……."

도무탄은 자신의 옆구리에서 소진이 꼼지락거리는 것을 느꼈으나 내친김에 한마디 더 했다.

"그리고 잘 먹어라. 너 많이 말랐더라."

"……."

"여자 가슴에 머리를 기대면 푹신해야지. 나는 뒤통수를 암벽에 올려놓은 줄 알았다."

잠시 정적이 흘렀다.

"아……."

도무탄은 소진이 옆구리를 꼬집는 바람에 움찔했다.

"그런 말을… 너무해 정말……."

소진은 이불 속에서 훌쩍거렸다. 도무탄은 예전부터 솔직한 게 흠이었다.

칼에 맞은 지 이십구 일째 아침에야 도무탄은 비로소 혼자 힘으로 일어나 앉을 수 있게 되었다.

단순한 동작인데도 반각이나 걸렸으며 힘이 들어서 땀으로 목욕을 했다.

"이른 아침에 소림사 무승(武僧) 십여 명이 성내로 들어왔다고 합니다."

수하가 갖고 온 보고를 막태가 도무탄에게 전했다. 소림사 무승이라면 녹향을 추격하고 있는 것이 분명하다. 천하제일 도둑 녹향이라면 도주하는 재주도 남다를 텐데 그걸 정확하게 추적하다니 소림사는 과연 대단했다.

"녹향은 어찌했느냐?"

"본문 외랑당(外廊堂) 제육당주로 임명했습니다."

"외랑당? 괜찮겠느냐?"

외랑당은 정보 수집을 담당하는 부서로서 주로 해룡방이 필요로 하는 정보를 수집한다.

그런데 숨어 있어야 하는 형편인 녹향을 외부에서 여기저기 돌아다니며 정보 수집을 담당하는 부서의 우두머리로 임명했다는 것이다.

산예문은 하오문이라는 특성상 외랑당이 다섯 개나 되니까 거기에 당주를 한 명 더 추가한다고 해도 문제가 될 일은 없다.

"괜찮을 것 같습니다, 대형."

"변신이 그 정도로 완벽한 것이냐?"

막태는 아까 수하가 해준 말을 떠올리고는 빙그레 미소를 지었다.

"그자 여자였답니다."

"여자? 누가?"

"녹향 말입니다."

"뭐어?"

녹향이 여자였다니 도무탄으로서는 그의 모습이 도저히 상상이 되지 않았다.

도무탄을 죽이겠다고 윽박지르던 모습이나 굵직한 목소리, 거칠고 급한 성격 등 영락없는 사내였는데 알고 보니 여자였다는 것이 믿어지지 않았다.

"그래서 현재 여자로 변신, 아니, 본모습으로 환원한 상태입니다."

도무탄이 알기로는 천하제일도둑 녹향은 남자다. 그런데 알고 보니까 여자였다는 것이다.

그렇다고 해서 가짜 녹향은 아닐 것이다. 정말 그렇다면 소림사 무승들이 삼 년 반 동안 가짜 녹향을 추격하고 있었다는 얘기가 되는데, 완벽한 소림사 무승들이 그런 실수를 저지를 리가 없다.

말하자면 애당초 녹향은 여자였는데 여태까지 남자로 위장하고 다녔다는 뜻이다.

"녹향이 태원성으로 들어왔던 길을 되짚어서 흔적을 다 없애라고 수하들에게 지시했으니까 별일은 없을 겁니다."

도무탄은 자신의 무릎에 얹어 있는 권혼을 만지작거리다가 소화랑을 불렀다.

"화랑아."

"넵! 무 대인!"

"이놈이?"

막태가 바락 인상을 쓰자 소화랑은 찔끔했다. 자신의 목소리가 너무 컸고, 도무탄은 현재 숨어 있어야 할 처지인데 '무 대인' 이라고 했기 때문이다. 눈치 빠른 소화랑은 즉시 호칭을 바꾸었다.

"대형. 말씀하십시오."

이 기회에 도무탄의 측근들만 부르는 '대형' 이라는 호칭을 슬쩍 부르려는 것이다.

슥—

"이건 네가 갖고 있어라."

"에엣?"

도무탄이 자기에게 권혼을 내밀자 소화랑은 눈을 부릅뜨며 소스라치게 놀랐다.

고금제일권법이며 은자 천만 냥을 주고 산 권혼을 아무렇지도 않게 자신에게 맡기려 하기 때문이다.

도무탄이 그만큼 자신을 신뢰한다는 사실에 소화랑은 감격을 금치 못하고 두 손으로 권혼을 받아 소중하게 품속에 갈무리했다.

"해룡방은 어떠냐?"

도무탄의 물음에 막태는 준비하고 있었던 것처럼 대답했다.

"평소하고 다를 바 없습니다."

해룡방이 조그만 가게가 아닌 이상 방주인 도무탄이 없다고 해도 전체가 멈춰 버릴 수는 없는 것이다.

해룡방은 크게 둘로 나누어져 있으며 하나는 외상단(外商團)이고 또 하나는 내상단(內商團)이다.

외상단은 대외적인 장사를 담당한다. 산서성 전역에서 사들인 특산물이나 각종 물건들을 다른 고장으로 갖고 가서 팔고, 또한 다른 고장의 특산물이나 해외의 물건들을 사서 태원을 비롯한 산서성 전역에 파는 이른바 일차적인 교역(交易)을 하고 있다.

내상단은 붙박이 장사다. 태원성을 비롯한 산서성 내 삼십

칠 개 현의 주루, 기루, 전장, 표국 등 여러 종류의 점포 천여 곳을 운영하고 있다.

해룡방에는 두 명의 부방주가 있으며 각기 외상단을 총괄하는 외방주(外幇主)와 내상단의 우두머리 내방주(內幇主)로서 방주인 도무탄의 심복수하다.

두 명의 내외방주는 오로지 직속상전인 도무탄의 명령에만 움직이고, 다시 그들이 명령을 내려야만 외상단과 내상단이 돌아가는 구조다.

"형수님께서 총관 차주동을 대동하고 외상단과 내상단을 직접 여러 차례 방문하셨지만 매번 아무런 소득도 없이 돌아가셨습니다."

도무탄과 궁효 등이 그렇듯이 막태 역시 방아미가 도무탄 습격사건과 연관이 있을 것이라고 추측하지만 아직은 도무탄이 거기에 대해서 별다른 결론을 내리지 않았기 때문에 예전처럼 그녀를 '형수'라고 지칭하고 있다.

해룡방 외방주와 내방주는 도무탄의 또 다른 두 명의 막역한 친구로서 그들 역시 잔야구 궁효처럼 특별한 사연으로 맺어졌었다.

방아미가 내외상단을 꾸준히 찾아오는 목적은 그곳에서 발생하는 매일의 수입을 자신이 확실하게 직접 챙기려는 것이 분명하다.

그렇게 해야지만 앞으로도 지속적으로 막대한 수입이 보장될 것이고, 해룡방을 완전히 장악했다고 할 수 있으며, 자타가 인정하는 해룡방주가 되기 때문이다.

그로 인해서 방아미는 장차 산서성 최고의 부자가 될 수 있으며, 늘 자금에 쪼들리는 진권문을 부유하게 만들 수 있을 것이다.

천보궁 도무탄의 거처 지하에 특수하게 축조된 금고에는 많은 돈 상자가 쌓여 있다.

그것을 모두 합치면 은자로 무려 칠천만 냥이나 되며, 지금의 진권문이 앞으로 백 년 동안 쓰지 않고 모아야 만질 수 있는 거액이다.

은자 칠천만 냥이면 어마어마한 액수지만 흉수는 단지 그것만 먹고 떨어지려고 도무탄을 죽이기까지 한 것은 아닌 게 분명하다.

가짜 서찰을 만들어서 방아미가 해룡방과 천보궁을 통째로 장악한 것을 보면 알 수 있다.

해룡방을 제대로 운영하기만 하면 일정한 수입이 지속적으로 들어올 테니까 천보궁에 있는 은자 칠천만 냥이 문제가 아닌 것이다.

방아미가 몇 차례나 해룡방 내외상단을 직접 찾아간 이유는 한 가지다.

원래 해룡방 내외상단에서는 매일 일정하게 들어오는 수입 은자 오백만 냥 정도를 천보궁으로 전달하게 되어 있는데, 도무탄이 괴한의 칼에 찔린 그 다음 날부터 그것이 전해지지 않고 있는 것이다.

그래서 방아미가 그 이유를 알아내고 또 원상회복을 시키기 위해서 몇 차례나 해룡방 내외상단을 찾아갔던 것이다.

"해룡방의 내외방주 두 분께선 한 번도 형수님을 만나주지 않았다고 합니다."

도무탄이 태원성에 있을 때에는 하루도 빼놓지 않고 해룡방 자신의 거처에서 집무를 보곤 했었다.

그런 날은 어김없이 그날의 수입이 마차에 실려서 엄중한 호위하에 천보궁으로 향한다.

하지만 도무탄이 내외방주에게 별다른 말도 하지 않은 상황에서 해룡방에 출근하지 않은 경우는 한 번도 없었기 때문에, 그럴 때에는 그날의 수입을 천보궁으로 입고(入庫)하지 않는 것을 원칙으로 하고 있다.

방아미 등은 그런 사실까지는 모르고 있었던 것이다. 아마도 도무탄을 죽이고 가짜 서찰을 만들면 모든 것이 원만하게 풀릴 줄 알았을 것이다.

예전에 도무탄과 친구들은 만약을 대비해서 몇 가지 규칙을 만들어두었는데 지금과 같은 상황에 유효적절하게 활용되고 있다.

"이번 일의 배후에 진권문이 도사리고 있다면 이대로 가만히 있지 않고 뭔가 손을 쓸 것이다."

도무탄이 중얼거리자 막태는 긴장하는 표정을 지었다.

"무력을 사용할까요?"

"지금은 대내외적으로 보는 눈이 많으니까 무력을 사용하지는 않을 것이다. 하지만 막바지에 몰렸다고 생각하면 당연히 그러겠지."

막태는 초조하게 물었다.

"그렇다면 내외방주 형님들을 불러올까요?"

"아니다."

도무탄은 굳은 표정을 지었다.

"해룡방은 감시를 당하고 있을 것이다. 내가 방현립이라면 나를 죽이려고 한 순간부터 감시했을 것이다. 그런 점에서 너희 산예문은 자유로운 편이지."

"아……."

사람들은 도무탄의 심복수하가 해룡방의 내외방주 두 명뿐인 줄만 알고 있으며, 궁효하고 도무탄은 연결시키지 않는다. 그러므로 궁효는 도무탄의 최후의 힘이라고 할 수 있는 것이다.

"막태야."

도무탄은 진지한 표정을 지었다.

"말씀하십시오, 대형."

"내외방주에게 방의 핵심을 청원(淸源)으로 옮기라고 전해라. 태원에는 껍데기만 남겨놓는다."

"알겠습니다."

해룡방을 이런 식으로 방아미와 진권문에 고스란히 넘길 수는 없다.

방아미가 계속 해룡방에 찾아가서도 일이 해결되지 않는다면 결국 진권문이 나설 것이다. 그전에 해룡방의 알맹이를 빼돌리려는 것이다.

"수입금은 궁효더러 처리하라고 해라."

태원의 해룡방에는 껍데기만 남겨놓고 이후 태원 남쪽 오십여 리에 있는 청원현 해룡방 지부로 지휘부가 옮겨 간다. 그러면 해룡방의 모든 수입금은 그곳으로 모여질 테고, 그 돈은 매일 산예문이 받아 간다.

* * *

태원성 성내에서 가장 크고 으리으리한 주루는 단연 분수 강가의 천풍루(天風樓)를 꼽는다.

태원성에는 사십여 개의 주루가 있으며 절반이 해룡방 내상단에서 운영하고 있다. 천풍루는 그중 하나이고 가장 좋은 주루다.

천풍루는 낙양이나 북경, 심지어 미향(美鄕)이라는 항주의 일급 혹은 대형 주루에 비해도 손색이 없을 정도의 규모와 시설, 다양한 요리와 맛을 자랑한다. 특히 규모면에서 단연 압도적이다.

천풍루의 삼 층 전체가 만석(滿席)인 경우는 드문 일이다. 워낙 비싼 데다가 크기 때문이다.

그런데 오늘은 삼백 석 규모의 천풍루가 손님으로 가득 차서 입구에 만석 팻말을 걸었다.

진권문주 방현립은 이삼 일에 한 번쯤은 꼭 이곳 천풍루에 찾아와서 식사를 하고 술을 마시는 것을 즐긴다.

천풍루는 각 층마다 구분을 두고 있으며, 가장 전망이 좋고 으리으리한 삼 층은 보통 탁자 하나당 은자 백 냥이 있어야 식사와 술을 즐길 수 있다.

방현립은 일행과 늘 천풍루 삼 층의 가장 좋은 자리에서 가장 훌륭한 요리와 술을 먹고 마신다.

보통 한 번 오면 은자 수백 냥 어치를 먹어치우지만 돈을 낸 적은 없다.

천풍루는 그의 사위나 다름이 없는 해룡방주 무진장 도무탄의 소유이기 때문이다.

도무탄이 방아미에게 모든 실권을 넘겨주고 천하유람을 떠난 이후로는 방현립의 천풍루와 태원 최고 기루인 천화루(天花樓) 나들이가 훨씬 활발해져서 양쪽을 오가면서 거의 매일 들르다시피 하고 있다.

오늘 늦은 오후 무렵에도 방현립은 천풍루 삼 층에서도 제일 자리가 좋은 창 밖 세 개의 노대(露臺:발코니) 중에서 한복판의 자리를 차지하고 일행과 일찌감치 술자리를 즐기고 있는 중이다.

"으핫핫핫! 최고요! 방 문주!"

"껄껄껄껄! 역시 방 대협의 배포는 알아줘야 하오!"

동석한 사람들은 왁자한 웃음소리를 터뜨리면서 방현립을 치켜세웠다.

오십 대 초반에 한 뼘 정도 검은 수염을 기른 사각 얼굴과 강인한 인상의 방현립은 좌중의 칭찬에 흐뭇한 미소를 지으며 수염을 쓰다듬었다.

요즘 그는 아주 살맛이 났다. 얼마 전까지만 해도 그는 태원제일고수라는 명예만을 지니고 있었으나, 현재는 태원제일부자인 딸을 두기까지 했으니까 세상에 부러울 것이 하나도 없다.

자금성의 황제가 이런 기분으로 황제 노릇을 하는 것이라고 이해를 하게 됐을 정도다.

방현립은 흐뭇한 미소를 지으면서 여유 있는 동작으로 노대 안쪽 삼 층 탁자들을 둘러보았다.

오늘 저녁에는 천풍루에서 가장 비싼 삼 층까지 모든 자리가 꽉 찼다.

하지만 처음에 천풍루에 왔을 때부터 방현립의 신경을 건드리는 것은 그게 아니다.

삼 층을 가득 메운 손님의 칠 할 이상이 모두 무기를 지니고 있기 때문이다. 즉, 그들이 무림인이라는 사실이 몹시 신경이 쓰였다.

지금 이곳에서 큰 소리로 웃고 떠드는 사람들은 방현립 일행뿐이다.

다른 사람들, 특히 둘씩, 서너 명씩, 혹은 혼자 앉아 있는 무림인들은 침묵을 지키고 있거나 조용하게 두런두런 대화를 나누며 식사나 술을 마시고 있다.

바깥세상, 즉 낙양이나 개봉, 북경 같은 대도(大都)에 이따금씩 가볼 기회가 있었던 방현립은 지금 삼 층을 가득 메운 무림인들이 어중이떠중이가 아닌 하나같이 일류고수라는 사실을 간파했다.

그들의 모습이나 행동거지, 뿜어지는 기도 같은 것을 보면 그 정도는 알 수 있다.

그는 오늘 진권문을 나서 천풍루까지 오는 도중에도 거리에서 많은 무림인을 목격했었다.

도대체 이토록 많은 무림인, 더구나 일류고수들이 무엇 때문에 산간벽지 변방이나 다름이 없는 태원성으로 몰려온 것인지 태원제일고수라고 자처하는 방현립으로서는 아는 바가 전무했다.

방현립의 일행, 즉 진권문에 이어서 태원성 제이, 제삼의 방파며 문파라고 자처하는 곳의 방주와 문주 네 명도 보는 눈과 듣는 귀가 있으니까 태원성으로 무림인들이 모여들고 있다는 사실을 알고 있을 터이다.

그들도 그것에 대해서는 궁금하기가 마찬가지일 텐데 아무도 먼저 입을 열지 않았다.

이들은 방현립의 고명딸 방아미가 천보궁주에 해룡방주가 된 지 한 달이 넘었는데도 아직까지 그것에 대해서 축하하느라 요즘 며칠째 연일 이곳 천풍루 삼 층에 모여서 술을 마시고 있다.

태원제일문파 진권문의 문주인 방현립의 딸이 천보궁주에 해룡방주가 되었으니 앞으로 방현립에게 밉보이면 태원성에서 살아남기 어렵다고 봐야 한다. 방현립으로서는 호랑이가 날개를 단 격이니까 말이다.

그때 삼 층 전체가 갑자기 소란스러워졌다. 그것은 마치 삼 층의 손님들이 일제히 탄성을 터뜨린 것 같은 소리였다.

"오……."

"와아……."

탄성 때문에 계단을 쳐다보던 방현립과 일행 역시 다른 사람들처럼 탄성을 터뜨렸다.

지금 막 계단 위로 세 사람이 올라섰으며, 그들 중에 한 여자가 온몸에서 은은한 광채를 뿜어내고 있어서 방현립 등은 그녀에게서 눈을 떼지 못했다.

그것은 마치 천장에 동그란 구멍이 뚫려서 그곳으로 스며든 햇빛이 그녀만 비추고 있는 듯한 광경이다.

그래서 이곳에 있는 사람들은 여자가 너무 아름다우면 스스로 몸에서 빛을 뿜어내는 것처럼 보인다는 사실을 처음으로 깨달았다.

하지만 그녀의 모습은 곧 사라졌다. 삼 층에 있던 거의 모든 사람이 한꺼번에 일어나는 바람에 그녀의 모습이 가려졌기 때문이다.

그리고는 다음 순간 그들 모두가 입을 모아 외치는 함성이 우렁차게 터져 나왔다.

"천상옥화(天上玉花)를 뵈오!"

방현립 등은 여자의 모습은 볼 수 없지만 그 말을 듣고는 모두 놀라서 일제히 자리를 박차고 일어섰다.

"천상옥화라니……."

"설마 강북일미(江北一美) 천상옥화라는 말인가?"

천상옥화라는 별호는 당금 천하에서 가장 아름답다는 두 명의 여자 중 한 명, 즉 강북일미를 가리킨다.

강남일미(江南一美)는 또 다른 미녀인 우란화(尤蘭花)와 더불어서 천하이미(天下二美) 또는 무림쌍화(武林雙花)라 불리고 있다.

그런데 삼 층 무림인들의 함성에 의하면 그 천상옥화가 바로 이곳 천풍루 삼 층에 출현했다는 것이 아닌가.

그때 일어서 있던 무림인들이 파도가 갈라지듯 양쪽으로 분분히 물러서기 시작했다.

그러더니 조금 전에 보았던 은은한 광채를 뿜어내는 여자와 그녀의 일행인 듯한 두 명의 청년이 방현립 일행 쪽으로 걸어오는 모습이 보였다.

방현립과 일행은 크게 놀라며 당황해서 어쩔 줄 몰랐다. 은은한 광채를 뿜어내는 여자의 자태가 너무도 아름답고 황홀해서 놀랐으며 그녀가 자신들 쪽으로 사뿐사뿐 걸어오고 있어서 당황했다.

너무 눈이 부셔서 그녀의 얼굴을 똑바로 쳐다보는 것조차도 쉽지 않았다.

방현립 등은 천상옥화를 한 번도 본 적이 없지만 지금 자신들을 향해 걸어오고 있는 절색의 미녀가 틀림없이 천상옥화일 것이라고 확신했다.

천상옥화라는 별호가 무색할 정도로 그녀의 자태가 아름다웠기 때문이다.

삼 층 모든 사람의 시선을 한 몸에 받으면서 천상옥화는 미끄러지듯이 사르르 걸어서 이윽고 방현립 두 걸음 앞에 멈추었다.

손만 뻗으면 닿을 수 있는 거리에 한 폭의 미인도처럼 다소곳이 서 있는 천상옥화에게서 뭐라고 설명하기 어려운 그윽하고도 황홀한 향기가 풍겨왔다.

방현립은 극도로 긴장한 표정을 지으며 마른침을 꿀꺽 삼키는데 눈이 멀어버릴 것만 같아서 감히 천상옥화의 얼굴을 똑바로 쳐다보기가 어려워서 시선을 아래로 내렸다.

그러자 당장에라도 옷을 찢고 튀어나올 듯 솟아 있는 풍만한 한 쌍의 젖가슴이 시야에 들어왔다.

방현립에게도 저만한 딸이 있으며 나이도 비슷한 십팔구세이지만 그렇다고 방아미와 천상옥화를 비교하는 것은 큰 무리가 따른다.

태원성에서 제일미녀 소리를 듣는 방아미이고 자신의 딸이지만 방현립이 보기에도 미모로서는 천상옥화의 발치에도 미치지 못하는 것 같았다.

더구나 지금 그의 시선 끝에서 가볍게 흔들리고 있는 한 쌍의 탐스러운 육봉(肉峰)은 방현립의 남심(男心)을 뒤흔들기에 부족함이 없었다.

저기에 비한다면 그의 딸 방아미의 가슴은 아직 발육이 덜 된 어린 소녀의 그것이 분명했다.

방현립은 천상옥화의 자태에 취한 나머지 그녀가 무엇 때문에 자신의 앞에서 걸음을 멈췄는지 궁금하게 여길 겨를조차 없었다.

그렇지만 실상 천상옥화는 방현립이나 그의 일행을 보는 것이 아니었다.

그녀가 대체 뭐가 아쉬워서 이런 변방까지 와서 중년인과 초로의 늙은이들을 구경하겠는가.

그녀는 눈을 그윽하게 뜨고 그들의 뒤쪽 강의 경치를 구경하고 있었다.

정말로 분수, 특히 천풍루를 스쳐 지나가는 강의 경치는 사람들의 넋을 뺏을 만큼 수려했다.

그때 그녀를 뒤따르던 두 명의 황의와 갈의 경장을 입고 어깨에 검을 멘 청년이 그녀 옆을 스치며 앞으로 걸어 나오더니, 그중 한 명이 미소를 지으며 방현립 등에게 포권을 해보이며 느닷없이 불쑥 요구했다.

"당신들 자리를 우리에게 양보해 주겠소?"

방현립은 순간적으로 청년의 말이 무슨 뜻인지 잘 알아듣지 못했다.

청년의 우호적인 부드러운 미소와 그의 입에서 나온 강압적인 내용의 말이 다분히 모순이기 때문이다.

방현립은 잘못 들었을 것이라고 생각했다. 멀쩡하게 앉아서 잘 먹고 있는 자신들의 자리를 이 새파랗게 젊은 것들이 양보해 달라고 하지는 않을 것이기 때문이다. 방현립의 상식으로는 그런 일은 있을 수도 없다. 그래서 잘못 들었을 것이라고 생각한 것이다.

방현립이 아무 말도 하지 않고 우두커니 서 있는데 이번에는 또 다른 청년이 명랑하게 웃으면서 포권을 한 두 손을 흔들어 보였다.

"하하하하! 귀하의 양보에 우리 화산이웅(華山二雄)은 진심으로 감사드리겠소!"

'화산이웅!'

그 말만 방현립의 귓속을 파고들어 고막을 범종처럼 마구 두드렸다.

화산파(華山派)는 무림의 아홉 개의 기둥인 구대문파 중에 하나이고 날고 기는 수많은 고수를 배출했으며 현재도 대강남북을 진동하는 수십 명의 고수를 보유하고 있다. 그중에 두 명이 바로 눈앞에 있는 화산이웅이다.

"아… 별말을……."

아들뻘 되는 두 청년이 안하무인으로 구는 이런 상황에서 방현립은 당연히 화를 내고 그들을 꾸짖어야 하지만 자신도 모르게 마주 포권을 했다. 화산이웅이라는 말에 기가 팍 죽어 버린 것이다.

"독고(獨孤) 소저, 이리 앉으십시오."

처음에 방현립에게 말을 걸었던 청년, 즉 화산이웅의 일웅(一雄)이 조금 전까지 방현립이 앉았던 강의 경치가 가장 잘 보이는 자리의 의자를 친절하게 빼주며 천상옥화가 앉는 것을 도와주었다.

"어서 여길 싹 치우고 이 주루에서 제일 맛있는 요리와 좋은 술을 내와라."

이웅은 근처에서 쭈뼛거리면서 서 있는 점소이에게 탁자의 것들을 가리키며 명령했다.

졸지에 자신들의 자리를 뺏긴 방현립과 일행은 우두커니 서 있고, 대신 천상옥화와 화산이웅이 그 자리에 앉아서 발아래 펼쳐진 분수의 절경을 감상하기 시작했다.

삼 층에 있는 수십 명의 무림고수는 방금 일어난 광경을 보고 작은 소리로 수군거렸으나 거기에 대해서 아무도 나서지 않았다.

방현립은 잠시가 지나서야 정신을 수습했다. 자신이 새파란 청년들에게 반강제로 자리를 뺏겼다는 사실이 불쾌하기 짝이 없었다.

뺏길 당시에는 정신이 없어서 어영부영했었는데, 시간이 지나고 나서야 현실을 깨달았다.

그래서 자신이 바보처럼 상황에 대처했다는 사실이 더욱 수치스러웠다.

그러나 상대는 화산이웅에 천상옥화다. 천상옥화는 강북일미라는 미명(美名)에 버금가는 대단한 신분과 무위를 지니고 있는 것으로 유명하다.

천상옥화는 저 유명한 무림오가(武林五家) 중에 북경 무영검가(無影劍家)의 소가주(小家主)다.

그녀의 오른쪽 어깨에 메어져 있는 한 자루 명검(名劍)의 검파에는 한 뼘 길이의 푸른 수실이 묶여 있는데 그것은 북경 무영검가의 표식이다.

방현립이 제아무리 불쾌하더라도 무영검가와 화산파 출신을 상대로 도발을 할 정도로 아둔패기는 아니다.

그는 슬쩍 삼 층을 뒤돌아보았다. 사람들이 이런 상황에서의 자신을 어떻게 보고 있을지 궁금해서다. 그러나 삼 층 대부분의 사람이 아직도 천상옥화에게서 시선을 거두지 못하고 있었다.

천하제일미녀 중에서 한 명을 볼 수 있는 기회가 평생에 몇 번이나 되겠는가.

그래서 모두들 이런 절호의 기회를 놓치지 않으려고 한 번이라도 더 천상옥화를 보려고 이리저리 목을 길게 뺐다.

그래도 방현립은 무림고수들이 자신의 다음 행동을 예의 주시하고 있을 것이라고 짐작했다.

이런 상황에서 만약 그가 꼬리를 말고 이대로 물러난다면 무림까지는 아니더라도 태원성에 그 소문이 자자하게 퍼질 것이다. 그렇게 된다면 앞으로 고개를 들고 거리에 나서기가 힘들어진다.

그때 천풍루주가 소식을 듣고 종종걸음으로 달려왔다.

"방 대협, 제가 좋은 자리를……."

"됐다."

삼십 대 중반의 늘씬한 미부(美婦)인 천풍루주의 말을 방현립이 짧게 제지하고 천상옥화에게 기세 좋게 썩 한 걸음 크게 나서며 포권을 했다.

"소저, 본인은 태원 진권문의 방현립이라 하오."

방현립은 이대로 가만히 놔두면 자신의 위상이 추락될 것이 뻔한 상황을 오히려 순간적인 기지로써 역전시키겠다는 생각을 했다.

즉 많은 무림인이 지켜보고 있는 가운데 자신이 누구라는 사실을 밝히고, 거기에서 한 걸음 더 나아가 만약 천상옥화와 당당하게 합석을 하게 된다면, 모든 사람의 부러움은 물론이고 자신의 입지를 한 단계 더 상승시키는 계기가 될 것이라고 확신했다.

강을 굽어보던 천상옥화는 시선을 거두어 방현립을 돌아보았으나 아무런 말은 하지 않았다.

그리고 그녀의 눈에 귀찮아하는 기색이 어렸으나 방현립은 그녀의 크고 아름다운 두 눈에 순간적으로 넋이 빠져서 그것을 발견하지 못하고 포권을 한 채 정중하면서도 자신만만한 표정으로 말했다.

"괜찮으면 본인이 소저와 합석을 하고 싶소만… 물론 요리와 술값은 내가 내겠소. 어떠시오?"

물론 방현립은 일행까지 이 자리에 함께 합석할 생각은 추호도 없다.

그냥 자신 혼자만 살짝 껴서 앉으면 그것으로써 대성공이다. 그리고 자신의 제안을 천상옥화가 거절할 이유가 없다고 생각했다.

"꺼져요."

그런데 천상옥화는 차갑게 한마디 내뱉고는 다시 시선을 강으로 던졌다.

"……."

방현립은 자신의 귀를 의심했다. 설마 저토록 아름다운 여자의 매혹적인 입에서 그런 매몰찬 말이 나왔을 리가 없다. 그리고 그가 그런 말을 들어야 할 이유가 없다. 이곳은 자신이 왕으로 군림하고 있는 태원성의 한복판이며, 또한 자신이 주인이나 다름이 없는 천풍루가 아닌가.

슥—

“이것 보시오. 독고 소저의 말을 듣지 못했소?”

멍한 얼굴로 정신을 못 차리고 있는 방현립 앞에서 화산이웅의 이웅이 벌떡 일어나 꾸짖듯이 말했다.

방현립은 보통 키인데 이웅은 그보다 머리가 하나 반은 더 크고 체격도 우람해서 두 손을 허리에 얹고 위압적으로 굽어보았다.

“지금 당장 꺼지라는 말이오! 아니면 내 검에 어디 한 군데 베이고 싶소?”

방현립은 자신이 잘못 들은 것이 아니라는 사실을 깨닫고는 수치심에 얼굴이 벌겋게 달아오르고 몸이 부들부들 세차게 떨렸다.

그러나 현실은 냉엄하다. 방현립은 자신이 실력으로 화산이웅의 한 명조차 당해내지 못한다는 사실을 너무도 잘 알고 있다.

자신이 이들의 아버지뻘이면 무슨 소용이 있는가. 무림에서는, 더구나 지금 이 자리에서는 나이보다 실력이 모든 것을 말해주고 있다.

그런데도 순간적인 감정을 억제하지 못하고 어설프게 객기를 부리다가는 실컷 조롱을 당하고 나서 땅에 묻힌 후에 후회하게 될 것이다.

그때 방현립 일행 중에 한 명이 괜히 오지랖 넓은 행동을 하며 나섰다.

"이것 보게 젊은이! 보자 하니까 오만방자하기 짝이 없군 그래! 이분은 태원제일문파인 진권문의……."

슝!

"억!"

태원성 제이의 실력자인 벽도방주(霹刀幇主)는 방현립에게 잘 보이려고 나섰다가 짧은 비명을 지르며 급히 뒤로 주르르 물러섰다.

툭…….

그의 발 앞에 귀 하나가 떨어지고 피가 좍 뿌려졌다.

"으으……."

벽도방주는 자신의 오른쪽 귀가 서늘한 것을 느끼고 급히 손을 가져갔다.

그의 손에 피가 범벅으로 묻어났다. 잘라져 떨어진 귀는 그의 것이었다.

앞에 서 있는 이웅이 도대체 언제 검을 뽑고 휘둘렀는지 그는 보지도 못했었다.

슥—

그런데 이웅은 피 묻은 검을 뻗어 방현립을 찌를 듯이 가리키며 위협했다.

"아직도 꼬리를 다리 사이에 감추고 물러가고 싶은 생각이 들지 않소?"

"흑!"

방현립은 자신의 가슴을 겨누고 있는 이웅의 검이 순간적으로 확 찔러올 것 같은 착각을 느끼고 자신도 모르게 헛바람 소리를 냈다.

'이, 이놈들은 위아래도 강호의 예절도 모르는 놈들이다. 나 같은 것은 외눈 하나 까딱하지 않고 죽일 것이다.'

거기까지 생각한 방현립은 즉시 몸을 돌려 계단으로 성큼성큼 걸음을 옮겼다.

한쪽 귀가 잘라진 벽도방주나 다른 일행이 따라오든 말든 알 바 아니다.

"하하하하! 진작 그럴 것이지!"

이웅이 가소롭다는 듯 터뜨리는 호쾌한 웃음소리가 방현립의 속을 후벼팠다.

第六章

이득이 있는 곳으로 천하가 몰린다

도무탄은 소진의 도움으로 오랜만에 깨끗하게 목욕을 했다.

무려 한 달 만에 목욕을 한 터라서 기분이 날아갈 것처럼 개운했다.

소진의 도움으로 목욕을 했다지만 제대로 말하자면 그는 손가락 하나 까딱하지 않았고 소진이 그의 온몸을 구석구석 다 씻겨주었다.

소화랑은 그가 목욕통에 들어가고 나오는 것만 도와주고는 코빼기도 보이지 않았다.

도무탄의 세 군데 상처는 딱지가 다 떨어져 나갔고 이제는 소화랑이나 소진의 부축을 받으면서 힘겹게 조금씩 움직일 수 있을 정도로 회복되었다.

알몸으로 침상에 앉아 있는 그에게 소진이 땀을 뻘뻘 흘리며 아랫도리 속곳을 입혔다. 움직일 수 있을 정도라고는 하지만 혼자서 옷을 입는 것은 아직 무리다.

한 달 동안 도무탄을 벗겨놓은 상태에서 치료를 했었던 소진이 그를 목욕시킨다거나 옷을 입히는 것쯤은 그리 힘든 일도 그리고 낯뜨거워할 일도 아니다.

열일곱 살 평범한 소녀가 건장한 사내의 벌거벗은 몸을 보고 또 만지는 행위는 평소였다면 절대로 엄두도 내지 못할 일이었을 터이다.

그러나 도무탄과 소진은 매우 특수한 상황에서 만났으며, 그를 살리기 위해서 소진은 낯선 사내의 벌거벗은 몸을 보고 만지는 것을 극복할 수밖에 없었다.

그것뿐만 아니라 도무탄을 치료하는 모든 과정이 소진으로서는 처음 해보는 것들이고 새로운 경험이었다.

그러면서 그녀와 도무탄은 서로에게 남들은 이해하기 어려운 기묘하면서도 섬세한 연대감을 갖게 되었다.

도무탄은 소진에게 몸을 맡기고 있으면 부끄러운 것 하나 없이 한없이 편안했으며, 소진은 자기보다 나이가 많은 그를 흡사 아기처럼 살뜰하게 보살펴야 마음이 놓였다.

도무탄에게 깨끗한 옷으로 갈아입히고 나서 문득 소진은 눈을 가늘게 뜨고 그를 바라보았다.

"이제 보니까 오라버니 참 잘생겼네요."

처음 느끼는 것이라서 머릿속에 떠오른 생각이 여과 없이 입 밖으로 불쑥 튀어나왔다.

그동안 도무탄의 아프고 꾀죄죄한 모습만 봐오다가 깨끗이 목욕을 하고 새 옷으로 갈아입은 모습을 처음으로 보니까 완전히 다른 사람 같았다.

소진의 감탄처럼 도무탄의 용모는 매우 준수했다. 보는 순간 숨이 턱 멎을 만큼 절세미남은 아니지만, 이목구비가 뚜렷하고 눈빛이 형형하며 큼직한 코와 두툼한 입술의 조화가 매우 고집스러우면서도 용맹하게 보였다.

또한 키가 크고 호리호리한 체격이지만 어깨와 가슴은 넓고 허리는 잘록했으며 손발은 크고 긴 편이었다.

"어머……."

소진은 잠시 후에야 자신이 무슨 말을 했는지 깨닫고는 깜짝 놀라 얼굴을 붉혔다.

"제가 무슨 소리를……."

그녀는 부끄러운 듯이 도무탄의 어깨에 얼굴을 묻으면서 마치 숨으려는 듯한 자세를 취했다.

도무탄은 빙그레 미소 지으면서 소진의 머리를 쓰다듬었다.

"사실대로 말하는 것은 죄가 아니다."

소진은 작은 주먹으로 그의 어깨를 두드렸다.

"순 엉터리……."

도무탄은 저만치 의자에 앉아서 흐뭇하게 미소 짓고 있는 소화랑을 쳐다보았다.

"화랑아."

벌떡!

"네, 대형."

소화랑은 퉁기듯 일어나 재빨리 다가왔다.

"너는 죽을 때까지 내 곁에 있겠다고 말했는데 내 곁에서 뭘 할 생각이냐?"

"저는……."

소화랑은 얼굴을 붉히며 더듬거렸다. 거기까지는 생각해 본 적이 없기 때문이다.

그냥 도무탄 옆에 가만히 있기만 하면 모든 게 다 술술 풀릴 것이라고만 생각했다.

"나는 이제부터 무술을 배울 생각이다. 너도 마땅히 할 게 없으면 무술을 배워라."

"알겠습니다, 대형."

"네가 갖고 있는 권혼을 나하고 같이 배워도 괜찮겠구나."

"네에?"

소화랑은 눈을 휘둥그렇게 뜨며 대경실색했다. 그는 녹향이라는 자가 이 권혼이라는 비급에 대해서 설명하는 것을 들어서 잘 알고 있다.

삼백여 년 전의 혈살성 천신권이 남겼다는 고금제일의 권법이라는데 그런 엄청난 것을 도무탄은 소화랑더러 서슴없이 같이 배우자고 하는 것이다.

"소… 소인이 어떻게 감히……."

도무탄의 하늘보다 높고 바다보다 넓은 배포와 아량에 소화랑은 저절로 다리에 힘이 빠져서 털썩 무릎을 꿇으며 우는 소리를 냈다.

"일어나라."

"키힝! 대형 말씀에 감격했잖아요……."

소화랑은 왈칵 눈물을 쏟으며 일어섰다.

침상 도무탄 옆에 앉아서 그 모습을 바라보는 소진은 내심 놀라움을 금하지 못했다.

그녀는 친오빠인 소화랑이 얼마나 메마르고 지독한 성격인지 누구보다도 잘 알고 있다.

매란촌에서 일 년 반 동안 살면서 아무리 힘들었어도 눈물 한 방울 보이지 않았던 그였는데, 도무탄의 한마디에 어린아이처럼 엉엉 울고 있는 것이다.

"대형께서 허락하시면 소인은 다른 무공을 배우겠습니다. 솔직히 저는 맨주먹으로 싸우는 것은 좀… 싸움이라면 아무래도 무기를 써야 제격이죠."

"뭘 배우고 싶으냐?"

소화랑은 두 손으로 뭔가를 잡고 확 찌르는 시늉을 해보이며 떠들었다.

"그야 당연히 창술(槍術)입니다. 창은 무기 중에서 가장 기니까 적이 다가오기 전에 몸통에 구멍을 팍팍 뚫을 수 있잖습니까?"

"그렇다면 내일부터 창술을 배워라."

"에엣?"

"다행히 나는 태원에서 창을 제일 잘 쓰는 사람과 약간의 친분을 맺고 있다. 막태에게 말해둘 테니까 그에게 배우도록 해라. 갖고 싶은 창에 대해서 설명하면 병기점(兵器店)에 얘기해서 만들어주도록 하마."

"아아… 대형."

소화랑은 또다시 다리가 후들거렸고 감격 때문에 뺨이 씰룩거렸다.

"대형, 막태입니다."

소화랑이 감격해서 울음을 터뜨리기 전에 집 밖에서 조용한 목소리가 들리더니 잠시 후에 막태가 조심스럽게 들어서고 뒤따라서 한 명의 소녀가 다소곳한 자세로 들어왔다.

도무탄은 의아한 얼굴로 소녀를 쳐다보았다. 처음 보는 십칠팔 세가량의 소녀인데, 평소 여자의 미모에 대해서 덤덤한 편인 그를 놀라게 할 만큼 소녀의 미모는 대단했다.

이날까지 방아미가 천하에서 제일 아름다운 줄 알았었는데 이 소녀의 미모에 비하면 방아미는 두어 수 아래다.

그렇지만 도무탄으로서는 처음 보는 소녀라서 막태가 어째서 그녀를 데리고 들어왔는지 궁금했다.

더구나 이곳은 도무탄이 비밀리에 은둔해 있는 곳인데도 불구하고 데려왔다면 필경 무슨 이유가 있을 것이다.

소녀는 약간 몸에 달라붙는 녹의 경장을 입었으며 한 자루 장검을 메었고, 키가 크고 늘씬한데 큰 가슴과 잘 발달된 둔부 때문에 옆에서 보면 가슴과 둔부가 불쑥 돌출되어 마치 새 을(乙)자 같은 몸매다.

녹의 소녀는 도무탄을 똑바로 쳐다보지 못하고 약간 옆으로 서서 고개를 살짝 숙인 채 쑥스러운 표정을 지었다. 그녀는 마치 도무탄을 알고 있는 듯한 몸짓이다.

막태가 공손히 허리를 굽히며 그녀를 소개했다.

"대형, 육 외랑당주입니다."

"음."

도무탄은 녹의 소녀를 응시하며 건성으로 고개를 끄떡이다가 흠칫 놀라는 표정을 지었다.

"뭐라고?"

"육 외랑당주입니다."

"뭐어?"

그는 적잖이 놀라서 눈을 커다랗게 뜨고 녹의 소녀를 쳐다보았다. 육 외랑당주라면 천하제일도둑 녹향이 아닌가. 그를 산예문 제육외랑당주로 임명했다는 말을 어제 막태에게 들었었다.

그때 수줍게 얼굴을 붉히면서 도무탄을 힐끔거리기만 하던 녹의 소녀가 천천히 그에게 다가와 침상가에 우뚝 서서 두 손을 허리에 얹으며 입술 끝을 비틀어 올리고 싸늘한 미소를 지었다.

"이 자식아, 날 알아보지도 못하고서 그저 예쁜 여자라면 침을 질질 흘리고 게슴츠레한 눈으로 쳐다보는 꼴이 가관이로구나."

목소리까지도 나긋나긋 간드러지는 여자의 그것이다. 도무탄이 들었던 삼십 대 중반 녹향의 굵직한 목소리하고는 전혀 딴판이다.

거기에 약간의 쇳소리가 섞여 있는 것이 녹록한 성격이 아니라는 경고처럼 들렸다.

"허어……."

도무탄은 신기하면서도 기막히다는 표정을 지었다.

녹의 소녀 녹향은 도무탄이 아직도 자길 못 알아보는 것이라고 여겨 손바닥으로 자신의 터질 듯 풍만한 가슴을 퍽퍽 두드렸다.

탁탁탁!

"나라고 나! 못 알아보겠어?"

"너… 몇 살이냐?"

도무탄은 어이없는 듯한 얼굴로 물었다. 그가 봤던 사내 녹향은 아무리 적게 봐도 삼십 대 중반이었는데 지금 눈앞의 녹의 소녀는 아무리 많이 봐도 열여덟 살을 넘을 것 같지 않았기 때문이다.

"나?"

녹향은 당당하게 서서 손가락으로 자신의 코를 가리켰다.

"그래."

"여자 나이를 묻는 건 실례잖아. 이 자식은 그런 것도 모르는 거냐?"

"육 당주, 방주께 하극상이냐?"

뒤에선 막태가 죽일 듯이 노려보며 꾸짖자 녹향은 어쩔 수 없다는 듯 어깨를 으쓱했다.

"사실대로 말하면 스물두 살이다."

그래도 솔직하게 말하는 것 같지 않았다. 세상 경험이 많은 도무탄이 봤을 때 그녀는 십팔 세를 넘기지 않은 나이가 분명했다.

그리고 그녀는 어떻게든 도무탄보다 한두 살이라도 많으려고 기를 쓰는 것 같았다.

도무탄은 귀찮다는 듯 손을 저었다.

"막태, 데려가라."

그가 별말은 하지 않았지만 녹향이 거짓말을 계속하면 더 이상 상대하고 싶지 않다는 분위기가 만들어졌다.

"가자."

도무탄의 뜻을 즉각 알아차린 막태는 냉랭한 얼굴로 돌아서며 녹향을 쏘아보았다.

도무탄은 녹향에게서 시선을 거두고 손짓으로 소화랑을 불러 뭔가 얘기를 하려 하고, 막태는 문까지 가서 녹향에게 빨리 오라고 역정을 냈다.

"뭐 하느냐? 빨리 와라."

"아… 씨팔!"

녹향은 뭐가 못마땅한지 발을 구르면서 욕을 내뱉더니 될 대로 되라는 듯한 얼굴로 내뱉었다.

"네 눈에는 내가 몇 살로 보이는데?"

"열여덟."

녹향은 굵은 침으로 뒷목을 찔린 듯한 표정을 짓더니 고개를 푹 떨구었다.

"할 말 없다."

"열여덟 맞지?"

"그래."

"고개 들어라."

녹향은 고개를 반짝 들고 도무탄을 잡아먹을 듯이 쏘아보며 으르렁거렸다.

"이래라저래라 명령하지 마라."

"막태."

도무탄은 녹향하고 아옹다옹하지 않고 막태를 불렀다.

"말씀하십시오, 대형."

문가에 서 있던 막태는 부리나케 달려와 허리를 굽혔다.

"이 계집애 다시 내 눈앞에 나타나게 하면 반드시 너를 죽이겠다."

"알겠습니다, 대형."

녹향은 그들의 대화가 무슨 뜻인지 안다. 그녀더러 발작하지 말고 도무탄에게 고분고분하라는 압박이다. 그러지 않으면 다시 산예문으로 데려가겠다는 것인데, 지금 상황으로는 그랬다간 그녀가 몹시 위험하다.

"가자."

막태가 다시 문으로 걸어가자 녹향은 복잡한 표정으로 몸을 바르르 떨더니 질끈 눈을 감았다.

"안 그럴게. 가라고 하지 마."

소진과 소화랑은 도무탄이 사람을 다루는, 더구나 녹향 같은 굉장한 인물을 떡 주무르듯 하는 것을 보면서 혀를 내두르며 감탄했다.

도무탄은 녹향이 크게 한풀 꺾였다고 생각했지만 아직 멀었다. 제대로 말을 잘 듣게 하려면 자근자근 밟아놔야만 한다.

"너 녹향 아니지?"

"……."

도무탄이 똑바로 주시하면서 묻자 녹향은 움찔하더니 아무 말도 하지 못했다.

"그렇다면 나한테 했던 말들도 처음부터 끝까지 다 거짓말이겠구나."

"그건 아냐!"

녹향은 발끈해서 언성을 높였다.

"사실대로 말하지 않으면 너하고 했던 거래는 없었던 것으로 하겠다."

"권혼을 포기하겠다는 거냐?"

도무탄은 피식 실소를 흘렸다.

"네가 가짠데 권혼도 당연히 가짜겠지."

"절대로 가짜 아냐."

"그럼 어째서 가짜가 아닌지 설명해 봐라."

녹향은 입술을 잘근잘근 깨물면서 도무탄을 날카롭게 쏘아보았다.

"자꾸만 날 곤란하게 만들지 마라. 너 같은 놈은 단칼에 죽여 버릴 수도 있어."

"그럼 죽여라."

도무탄이 태연하게 대꾸하자 녹향은 발끈해서 눈에서 살기를 뿜으며 그를 노려보았다.

도무탄이 겪어본 바에 의하면 녹향은 대단히 거친 성격의 소유자다. 그녀가 가짜 녹향이든 어쨌든 그것은 변함이 없는 사실이다.

그러나 이것은 반드시 짚고 넘어가야만 한다. 그녀가 가짜 녹향이라면, 그리고 은자 천만 냥에 팔겠다던 권혼도 진짜가 아니라면, 구태여 목숨을 걸고 그녀를 보호하려는 위험한 모험을 할 필요가 없는 것이다.

녹향의 두 눈에서 더욱 강렬한 살기가 뿜출되었다. 그녀와 불과 넉 자 거리에 앉아서 마주보고 있는 도무탄은 그것을 고스란히 느끼고 있다.

지금 같은 상황에서는 냉철한 이성과 인내심이 필요한데

도무탄이 아는 그녀에겐 그 두 가지가 다 결여되어 있는 것 같았다.

그렇기 때문에 그녀는 발칵 화를 낼 줄만 알았지 자신이 처해 있는 상황은 망각하는 실수를 저지르는 것이다.

이럴 때는 정수리에 길고 뾰족한 침을 한 방 깊이 찔러줘야 한다. 소위 정문일침(頂門一鍼)이다.

"어서 죽여라. 까짓 거 같이 죽자."

도무탄이 자포자기하는 것처럼 말하자 녹향은 움찔했다. 그의 '같이 죽자'라는 말이 침이 되어 그녀의 정수리를 깊이 찌른 것이다.

방금 전까지만 해도 그녀는 그냥 확 성질대로 도무탄과 이곳에 있는 사람을 다 죽여 버리고 훌쩍 떠나 버려야겠다고 생각했었다.

그러나 '같이 죽자'라는 말이 그녀의 아둔한 머리를 일깨워 주었다.

이들을 죽이고 여길 떠나게 되면 자신도 오래지 않아서 죽게 될 것이라는 사실을 깨달았다.

그녀가 막태를 따라서 도무탄에게 온 이유는 태원 성내에 수백 명의 무림인이 꾸역꾸역 모여들고 있어서 겁이 났기 때문이었다.

그것은 이미 예상하고 있었던 일이지만 도무탄에게는 말

하지 않았었다.

그녀가 권혼을 지닌 상태에서 소림사의 추격대에게 쫓긴 세월이 삼 년 반이다.

소림사는 구대문파 중에서도 단연 돋보이는 존재로서 만인의 이목이 집중되어 있는데, 소림사에서 나온 추격대의 행적을 무림인들이 모를 리가 없다.

결국 천신권이 남긴 권혼이라는 것이 세상에 나왔으며, 그것을 지니고 있는 녹향이 소림사 추격대에 쫓기고 있다는 소문이 천하에 파다하게 퍼졌었다.

그래서 녹향이 가는 곳에는 소림사 추격대가 뒤따르고, 그 뒤에는 권혼을 노리는 무림고수들이 쫓는 악순환이 계속되고 있는 것이다.

소림사 추격대는 무림고수들이 뒤따르든 말든 개의치 않고 자신의 할 일만 묵묵히 하고 있다.

이런 상황에 녹향이 도무탄을 죽이고 달랑 혼자가 돼버린다면 그건 죽은 목숨이나 다를 바 없다.

추격대인 소림사 무승들은 이미 어제 태원성에 들어왔다. 그리고 산예문의 조사에 의하면 현재 약 사백 명 정도의 무림고수가 태원성 곳곳에 우글거리고 있다.

그러므로 녹향은 혼자가 되어 몇 걸음 옮기는 순간 추격대나 무림고수들에게 발각될 것이고, 그다음에 벌어질 일에 대해서는 상상하는 것조차도 끔찍하다.

그녀는 다른 사람들은 눈 하나 까딱하지 않고 죽일 수 있지만 자신이 죽는다는 것은 상상하는 것조차도 싫었다.

도무탄은 녹향의 눈에서 살기가 스러지는 것을 발견하는 순간 고삐를 옭죄었다.

"너 녹향 아니지?"

도무탄 덕분에 자신의 처지를 깨달은 녹향은 완전히 기가 꺾여서 고개를 끄떡였다.

"그래."

"왜 거짓말을 한 거지?"

그녀는 고개를 푹 숙이고 있다가 잠시 후에 고개를 드는데 놀랍게도 두 눈에 눈물이 고여 있었다. 분노와 억울함의 눈물이다.

"씨팔… 녹향은 내 아버지야."

그녀의 길지 않은 설명이 끝나자 도무탄이 물었다.

"너 이름이 뭐냐?"

"녹상(綠祥)이다."

"앞으로 널 '상아' 라고 부르겠다."

"이 자식이?"

녹상이 발끈했으나 도무탄은 무시하고 한술 더 떴다.

"그리고 이제부터 너는 날 오빠라고 불러라."

녹상처럼 거친 성격은 위계질서부터 바로잡아서 기를 꺾어놔야 한다.

"뭐야?"

"그렇게 하면 거래를 유지할 수 있도록 하겠다."

"이게……."

척!

녹상은 오른손으로 어깨의 검을 잡았다.

순간 뒤쪽의 막태는 허리춤의 북방도를 잡았고 소화랑은 주먹을 쳐들었다.

도무탄은 녹상을 똑바로 주시했다.

"지금 결정해라. 날 죽이든가, 아니면 내게 복종해라. 그것도 아니면 떠나라."

"……."

녹상은 움찔 늘씬하고도 풍만한 몸을 떨었다. 그 바람에 크고 풍만한 젖가슴이 물결처럼 흔들렸다. 그녀는 도무탄을 뚫어지게 쏘아보았다.

그녀가 생각하는 도무탄은 대단한 사내다. 그녀는 지금껏 살아오면서 그다지 많은 사내를 겪어보지는 않았지만, 도무탄처럼 머리가 좋으며 강직하고 배짱이 두둑한 사람을 본 적이 없었다.

그녀는 한 번 한다면 하는 성격이었으나 도무탄 앞에서는 그게 번번하게 좌절됐었다. 그렇지만 도무탄은 정말로 한다면 하는 성격이다.

원래는 그녀의 부친 녹향이 소림사에 잠입하여 천신권의 권혼을 훔쳤으나 추격대에게 심한 중상을 입고 간신히 집에 도착하여 권혼을 무남독녀 외딸 녹상에게 건네주면서 도망치라는 말만 남기고 숨을 거두었었다.

그때 녹상의 나이가 겨우 열네 살이었으며 그때부터 장장 삼 년 반 동안 천하를 도망쳐 다니면서 어느덧 열여덟 살이 된 것이다.

"나는 녹향하고 거래를 한 것이지 너하고는 아니다."

그러니까 거래를 계속 유지하고 싶으면 도무탄의 말에 따르라는 것이다.

녹상은 그를 죽일 듯이 노려보았지만 결국 지금 상황에서는 어쩔 수 없다는 결론에 봉착했다.

그나마 위로가 되는 것은 도무탄이 그녀보다 나이가 몇 살은 연상으로 보인다는 점이다.

그러니 나이 많은 남자에게 오빠라고 하는 것은 자존심이 덜 상하는 일이다.

도무탄이 그녀에게 요구하는 것은 약간의 인내심과 복종이다. 지금은 참을 수밖에 없는 상황이니까 어쩔 수 없지만,

그녀는 누군가에게 복종이라는 것을 해본 적이 없어서 그것은 힘들 것 같았다.

"난… 누구에게 복종해 본 적이 없어."

이윽고 그녀는 눈빛을 누그러뜨리며 씁쓸한 표정으로 중얼거렸다.

"시키는 대로만 하면 된다."

도무탄은 부친인 녹향이 딸 녹상으로 바뀌었을 뿐이므로 거래를 유지시켜도 된다는 생각이다.

"알았다."

녹상은 힘없이 대답했다.

"그런데 여긴 왜 왔느냐?"

산예문에서 외랑당주 역할을 하고 있어야 할 녹상을 막태가 왜 데리고 왔는지 궁금했다.

"성내는 무림인들이 계속 몰려들고 있어서 위험합니다."

"무림인들이 왜 몰려들어?"

막태는 녹상을 힐끗 쳐다보았다.

"알아본 바에 의하면 그들 모두는 녹상이 갖고 있는 권혼을 노리고 있습니다."

"권혼을?"

"추격대를 따라온 것이죠."

"그렇군."

도무탄은 적잖이 놀라는 표정을 지었으나 곧 심각한 얼굴로 고개를 끄떡였다.

녹상은 차가운 표정을 지었다.

"걱정 마. 내가 추격대나 무림인들에게 잡혀서 죽는 일이 벌어져도 권혼을 너한테 팔았다는 말은 하지 않을게."

"오빠라고 했지?"

"음. 오빠한테 팔았다는 말은 하지 않을게."

도무탄의 지적에 녹상은 오만상을 쓰면서 꼬리를 내렸다.

도무탄은 지금 상황을 어떻게 했으면 좋을지 잠시 생각하다가 막태를 불렀다.

"여긴 안전할 것 같지 않다. 난촌(蘭村)으로 가자."

난촌은 태원성에서 북쪽으로 십여 리 거리에 있는 이백여 호 정도의 작은 마을이며 도무탄하고는 특별한 인연을 맺고 있는 곳이다.

"언제 출발하시겠습니까?"

도무탄은 창을 쳐다보고 햇빛의 위치로 곧 어두워질 것이라는 사실을 알았다.

"내일 아침에 가자."

"알겠습니다."

막태는 공손히 허리를 굽혔다.

"저는 잠시 다녀오겠습니다."

"화랑을 광숙(狂叔)에게 데려가고 그가 원하는 대로 창을 한 자루 만들어줘라."

도무탄의 말에 소화랑이 펄쩍 뛰었다.

"제가 가면 누가 대형을 호위합니까? 저는 안 가겠습니다."

도무탄은 빙그레 웃었다.

"상아가 있잖느냐."

소화랑은 녹상을 보더니 인상을 와락 썼다.

"이 계집애 실력이 어떤지는 아무도 모르잖습니까? 주둥이만 까져서 말로만 고수인지 누가 압니까?"

촤악!

순간 도무탄과 소화랑, 막태는 녹상이 어깨의 검을 절반쯤 뽑다가 다시 꽂는 것을 발견했다.

그래서 소화랑의 말에 녹상이 발끈해서 그를 해치려다가 그만둔 것이라 생각했다.

투우…….

"어……."

그런데 녹상이 검을 뽑으려다가 만 것 때문에 움찔 놀라 서 있던 소화랑이 입고 있는 옷이 조각조각 흩어져서 바닥에 우수수 떨어졌다.

그리고 잠시 후 사타구니에 속곳 하나만 달랑 찬 모습으로 소화랑이 우두커니 서 있다. 그의 옷은 죄다 조각으로 잘라져서 발밑에 수북하게 쌓였다. 그런데도 그의 몸에는 긁힌 상처 하나 나지 않았다.

그제야 도무탄 등은 녹상이 검을 뽑으려다가 그만둔 것이 아니라 이미 뽑아서 휘두른 다음에 다시 검실에 꽂았다는 사실을 깨달았다.

도대체 발검(拔劍)과 휘검(揮劍)이 얼마나 빨랐으면 눈에 보이지도 않고 검을 뽑으려다가 만 것으로 착각을 한다는 말인가.

녹상은 넋이 반쯤 달아난 소화랑을 보며 냉랭하게 말했다.

"아직도 내 실력이 궁금하냐?"

"으흐흐……."

소화랑은 몸을 부르르 떨었다.

"대답은?"

"아, 아닙니다!"

녹상이 오른손으로 다시 검파를 잡으며 을러대자 소화랑은 화들짝 놀라서 목에 핏대를 세우며 대답했다.

第七章

미친 주먹

등을 벽에 기대고 침상에 앉아 있는 도무탄은 검은 상자를 이리저리 살펴보았다.

검은 상자는 권혼인데 창술을 배우기 위해서 막태를 따라가기 전에 소화랑이 주고 간 것이다.

검은 윤기가 자르르 흐르고 '권혼'이라는 글씨가 새겨져 있으며 봉인(封印)이 돼 있다는 것 외에 겉으로 봐서는 별다른 특이한 점이 없었다.

봉인이 돼 있다는 것은 녹향이나 녹상도 상자를 열어보지 않았다는 뜻이다.

만약 상자를 열었다면 가치가 땅바닥에 떨어질 것이라는 사실을 잘 알기 때문이다.

더구나 도둑이 봉인을 뜯었다면 그 물건의 진위를 대저 누가 믿겠는가.

지익…….

핏빛으로 둥글고 넓게 봉인된 부분을 찢어내자 칙칙한 색의 구리로 만든 작은 고리가 나타나서 도무탄은 고리를 잡고 위로 젖혔다.

딸깍…….

작은 소리를 내면서 지난 삼백여 년 동안 닫혀 있었던 뚜껑이 열리기 시작했다.

소진은 도무탄이 술 한잔 생각이 난다고 말하자마자 안주를 만들어 오겠다면서 쪼르르 주방으로 달려갔고, 녹상은 피곤하다면서 옆방으로 간 지 얼마 지나지 않아서 코 고는 소리가 여기까지 들렸다.

끼이…….

도무탄이 적잖이 긴장된 마음으로 뚜껑을 천천히 위로 열자 듣기 거북한 소리가 났다.

그런데 곧 그의 얼굴에 실망하는 표정이 떠올랐다. 상자 안에는 찢어지고 빛바랜 헝겊 같은 이상한 물체가 하나 달랑 놓여 있어서 도무탄은 순간적으로 녹상에게 속은 것이 아닌가

하는 의심이 들었다.

하지만 조금 전 상자에 붙어 있던 핏빛의 봉인은 아직까지 상자를 연 사람이 아무도 없다는 것을 의미하는 것이고, 녹상이 그를 속인 것이라면 옆방에서 저렇게 태평하게 코를 골면서 자고 있지는 못할 것이라고 생각하니까 의심이 약간은 누그러졌다.

그렇다고는 해도 도무탄은 상자 안에 놓여 있는 희끗한 헝겊쪼가리 같은 것이 삼백여 년 전의 혈살성 천신권이 남긴 권법비급인 권혼이라는 생각은 조금도 들지 않았다.

슥—

그는 별로 기대하지 않는 마음으로 헝겊쪼가리를 손가락으로 집어서 살펴보았다.

그런데 그건 찢어진 것 같은 모양이며 더구나 손의 감촉으로 미루어 헝겊이라기보다는 얇은 가죽 같기도 했고 어찌 보면 말린 물고기 껍질 같기도 했다.

어쨌든 한마디로 너덜너덜했으며 이것이 고금제일의 권법비급일 것이라는 생각은 점점 더 들지 않았다.

툭…….

그래도 한 가닥 기대를 걸었던 도무탄은 실망을 금치 못하고 손에 쥐고 있던 이상한 물체를 바닥에 내려놓았다. 그러자 마치 반쯤 말린 꾸덕꾸덕한 문어나 오징어처럼 이불에 늘어졌다.

그런데 그때 그는 문득 뭔가를 발견하고 고개를 숙여 자세히 들여다보다가 가볍게 눈을 빛냈다.

'이것은 손과 팔의 모양을 본뜬 건가?'

아래는 삐죽삐죽 다섯 개의 손가락 모양이고 위로 곧게 쭉 뻗은 것이 어찌 보면 손가락 끝에서 팔꿈치까지의 모양 같기도 했다.

그런데 팔이라고 생각되는 부위에 흐릿하면서도 깨알처럼 작은 글씨가 있는 것 같았다.

그 물체를 다시 들고 자세히 들여다보니까 무슨 신체 부위나 혈도, 혈맥 같은 것이 빼곡하게 적혀 있었다. 먹을 찍어서 붓으로 쓴 것 같지는 않았고 문신처럼 보였다.

'뭐지?'

—**복부백선 복직근 천복벽동 정맥분지**(腹部白線 腹直筋 淺腹壁動靜脈分枝)…….

'혹시 이것은 운공조식을 하는 심법(心法) 같은 것인지도 모르겠군.'

그는 무공에 대해서는 자세히 모르지만 보고 들은 것이 많아서 그렇게 짐작해 보았다.

방금 읽은 글귀 다음에는 기해혈(氣海穴)에서 일으킨 기운을 무슨무슨 혈도와 혈맥으로 보내고 그것을 또 어떻게 하라는 글이 이어져 있었다.

그는 충분한 시간을 두고 글을 처음부터 끝까지 차근차근 읽어나갔다.

"흠……."

그다지 길지 않은 글귀는 어떤 것은 난해하지만 또 어떤 부분은 이해할 수도 있어서 고개를 끄떡이기도 했다.

'그렇군. 이것은 심법이 맞다.'

글을 다 읽고 난 그는 그렇게 확신했다. 한 번 읽고 글귀를 이 할 정도밖에 이해하지 못했지만 그 정도 이해만으로도 심법이 분명했다.

한두 번 더 읽거나 외워둔 것을 떠올려서 반추해 보면 운공조식을 직접 실행할 수도 있을 것 같았다.

슥…….

'권법은 없고 심법이라니…….'

그는 그 물체를 다시 집어 들어 이리저리 자세히 살펴보면서 조심스럽게 잡아당겨 보기도 했다.

스르…….

그런데 그때 그 물체가 이상한 반응을 보였다. 그것을 잡아당기고 비벼보는 과정에서 흩껍풀이던 것이 스르르 분리되는 것 같더니 곧 두 꺼풀이 돼버린 것이다.

'장갑(掌匣)…….'

지금까지 하나였던 것이 두 꺼풀이 되니까 그것이 무엇인지 분명하게 드러났다. 손과 팔 모양의 얇디얇은 장갑이며 매우 정교한 모양이다.

'이건…….'

이게 장갑이라는 확신이 든 다음에야 그는 그것이 어쩌면 그 옛날 천신권의 오른손에서 벗겨낸 가죽, 즉 인피(人皮)일지도 모른다는 생각이 들었다.

그리고는 불쑥 그것을 한 번 자신의 오른손에 껴봐야겠다는 충동이 생겼다.

그의 생각이 맞는다면 삼백여 년 전 천하를 피바다로 만들었던 천신권의 오른손과 팔의 가죽으로 만든 장갑을 직접 껴보는 것이다.

원래 그는 생각을 길게 하지 않고 결정을 내리면 즉시 행동으로 옮기는 성격이다.

스슥…….

소매를 걷어 올린 후에 인피장갑의 입구를 벌리고 오른손 끝을 뾰족하게 모아서 안으로 집어넣었다.

같은 크기의 공간에 같은 크기의 물건을 삽입하는 것은 단단한 물체가 아니고는 어려운 법이다.

도무탄은 그것의 입구가 그리 크지 않아서 손을 끼워 넣으려면 애를 먹을 것이라고 예상했었는데 뜻밖에도 손이 손목까지 들어가니까 마치 뱀이 자기 굴속으로 찾아들어 가듯이 스르르 팔뚝까지 미끄러져 들어가 버렸다.

왼손으로 장갑을 아래에서 위로 한 번 슥 훑으니까 말끔하게 착용되었다.

"허어……."

그는 오른팔을 들고 이리저리 살펴보다가 적이 감탄했다. 자세히 들여다보지 않으면 장갑을 꼈다는 사실이 구분되지 않을 정도로 말끔했다.

그리고 지금 이 순간은 팔뚝에 새겨져 있던 글귀도 사라져서 보이지 않았다.

어떻게 그럴 수 있는지 신기했다. 아니, 신기한 것이 어디 그뿐인가. 천신권의 인피장갑이라는 자체가 인간의 두뇌로는 불가해(不可解)한 일이다.

'천신권의 오른손 인피가 틀림없다.'

그는 그렇게 확신하면서 자신이 천신권이라도 된 양 오른팔에 불끈 힘을 주며 주먹을 힘껏 쥐었다.

사아…….

"억?"

그런데 그 순간 오른손의 장갑이 엄청나게 수축하면서 그의 손과 팔을 죄어들었다.

"으으……."

그는 손과 팔이 갈가리 찢어지고 으깨어지는 고통에 다급히 장갑을 벗으려고 오른팔 팔꿈치 부위를 더듬었으나 끝부분을 찾을 수가 없어서 크게 당황했다. 이대로 놔두면 오른팔이 으깨어질 것만 같았다.

그때 오른팔을 죄던 극심한 고통이 언제 그랬냐는 듯 씻은 듯이 사라졌다.

'이게 도대체…….'

그는 어리둥절한 표정을 지으면서 장갑을 벗으려고 했으나 아무것도 보이지 않았고 손에 만져지는 것도 없었다. 장갑 자체가 사라져 버렸다.

'이럴 수가… 인피가 사라지다니…….'

아무리 살펴보고 왼손으로 쓰다듬어 봐도 장갑인지 인피인지 모를 물체는 보이지도 만져지지도 않았다.

이것은 아예 처음부터 그런 것을 오른손에 낀 적도 없으며 그런 물건 자체가 존재하지 않았던 것 같았다. 귀신이 곡할 노릇이다.

문득 그는 조금 전에 오른손을 으깨어 버릴 것 같았던 극심한 고통을 기억해 냈다.

'설마 파고든 것인가?'

지금으로써는 그렇게밖에는 생각할 수가 없다. 아까 오른손에 불끈 힘을 주면서 주먹을 쥐었더니 장갑이 죄어들면서 오른손을 으깨어 버릴 것 같았는데 그때 오른손 속으로 파고들어 간 것 같았다.

이제 와서 그런 일이 어떻게 가능한지를 따지는 것은 우매한 일이다.

천신권의 권혼이라는 것 자체가 신묘한 물건이니까 상식을 벗어나는 일이 벌어지는 것이라고 이해해야만 한다.

어쨌든 오른손에 힘을 주니까 인피장갑이 오른손 속으로 파고들어 갔다면, 힘을 빼면 다시 나와줄지도 모른다는 생각에 오른팔을 축 늘어뜨리기도 하고 흔들면서 털어보기도 했으나 장갑은 도통 나올 기미를 보이지 않았다.

끼이…….

그때 문이 열리면서 소진이 쟁반을 들고 방 안으로 들어오며 미소를 지었다.

"오라버님, 오래 기다리셨죠?"

그녀는 움직이기 불편한 도무탄을 위해서 쟁반을 들고 침상으로 왔다.

도무탄은 장갑 문제는 나중에 다시 궁리하기로 하고 장갑이 들었던 빈 상자를 닫아서 침상 구석에 밀어놓았다.

"이게 무슨 맛있는 냄새야?"

그때 방문이 열리고 자다가 일어난 부스스한 모습의 녹상이 배를 득득 긁으면서 어기적거리며 들어왔다.

그녀는 입고 있던 녹의 경장 대신에 연분홍 반바지와 배가 훤히 드러나는 짧은 상의, 즉 잠옷을 입고 있으며 하얗고 갸름한 배를 드러낸 채 손으로 긁으면서 침상으로 어기적어기적 걸어왔다.

"뭐야? 이 밤중에 술 마시는 거야?"

그녀의 얼굴은 별것 아닌데 괜히 자다가 왔다는 듯한 심드렁한 표정을 짓고 있었다.

그러면서도 가지 않고 침상에 한쪽 궁둥짝을 걸치더니 누가 청하지도 않았는데 궁둥이로 비죽비죽 안으로 밀고 들어와서 떡하니 한 자리를 차지하고 앉았다.

한쪽 다리를 세우고 그 위에 걸친 팔에 빈 잔을 쥐고는 도무탄에게 내밀었다.

"한 잔 따라봐."

도무탄이 슬쩍 쳐다보자 그녀는 하품을 늘어지게 하면서 귀찮다는 듯 덧붙였다.

"오빠, 부탁해."

사실 그녀는 술을 무지하게 좋아한다. 그것은 순전히 유전 탓이다. 게다가 삼 년 반 동안 도망을 다니면서 주량만 늘었을 뿐이다.

"한 번 더 읊어줄게."

얼근하게 술이 취한 녹상은 도무탄의 앞 왼쪽 벽에 기대어 앉아서 두 다리를 쭉 뻗어 그의 무릎에 얹은 방만한 자세로 떠들었다.

"다 외웠다."

"뭔 소리야? 설마 전신 중요혈도에 대해서 딱 한 번 듣고 다 외웠다는 말은 아니겠지?"

"그런 것 같다."

"……."

술잔을 입으로 가져가던 녹상의 게슴츠레하던 눈이 조금 커졌다.

"정말이야?"

그녀는 도무탄의 부탁으로 인체의 중요혈도에 대해서 약 반 시진에 걸쳐서 강론을 펼쳤었다.

혈도와 혈맥에 대해서 전문적으로 연구하는 사람이나 의원들만은 못하지만, 정통파 부친에게서 배운 그녀의 혈도에 대한 지식은 만만치가 않은 것이었다.

전신의 수천 개 혈도에 대해서 단 한 번이라도 설명을 하자면 최소한 하루 종일 걸린다.

하지만 그렇게 상세한 이론은 침을 놓는 의원들에게나 필요한 것이지 무림인들은 그저 중요혈도 백여 개 정도만 알고 있으면 된다.

"술 마시자."

"그래."

쨍!

녹상은 자신의 설명을 딱 한 번 듣고 다 외웠다고 하는 도무탄의 말에 몹시 놀라고 또 어이없다는 표정을 짓고 있었으나, 그가 술잔을 내밀자 순식간에 잊어버리고 헤헤 웃으며 술잔을 부딪쳤다. 그녀는 참으로 단순해서 알기 쉬운 성격의 소유자다.

"진아, 거기 고기 삶은 것 하나 줘봐라."

그녀는 술 한 잔을 단숨에 비우고 조금 더 몸을 뒤로 기대어 아예 누워 버렸다.

그 바람에 허벅지와 궁둥이의 거의 대부분이 도무탄의 무릎과 허벅지 위에 얹어졌다.

"네, 소저."

소진이 튀김 하나를 젓가락으로 집어서 공손히 내밀자 녹상은 손을 뻗어 잡고서 입으로 가져가며 나불거렸다.

"소저는 무슨, 그냥 언니라고 해, 언니. 불러봐."

"네, 언니."

"음, 좋아. 아주 좋아."

도무탄은 녹상이 설명해 준 중요혈도에 대해서 머릿속으로 다시 한 번 복습을 했다.

"너 이름이 뭐라고?"

"진이에요."

"그래, 진아. 너 진짜 요리 잘한다. 아주 맛있어."

"고마워요, 언니."

녹상은 이십여 잔의 술을 마시고는 얼굴이 발그레해지고 기분이 아주 좋아져서 몸을 들썩거리든가 흐느적거리면서 헤픈 미소를 흘려댔다.

"근데 너는 어째서 얼굴이 그렇게 팍삭 삭았느냐?"

"고생을 많이 하고 잘 먹지 못해서 그래요."

민감한 내용인데도 녹상은 거침없이 내뱉었고 소진은 아무렇지도 않게 대답했다.

"여자가 그게 뭐야 비쩍 말라서… 젖도 없고……."

철썩!

"여자 젖퉁이가 이 정도는 돼야지."

녹상은 손으로 자신의 가슴을 한 차례 때리고는 어깨를 흔들어 젖가슴이 요동치게 만들었다.

소진은 당황해서 얼굴을 붉히며 얼른 도무탄을 쳐다봤으나 그가 술잔을 손에 쥐고 뭔가 깊은 생각에 잠겨 있는 것 같아서 안도의 표정을 지었다.

"야아… 오늘 술맛 정말 최고다. 하하하하!"

뿌웅—

녹상은 궁둥이를 들썩이며 호쾌하게 웃다가 그대로 방귀를 갈겼다.

"윽!"

"어멋?"

도무탄과 소진이 동시에 코를 틀어막았다. 냄새가 너무 지독해서 정신을 잃을 것만 같았다.

"으하하하! 구수하지?"

술이 취한 녹상은 더 이상 여자가 아니었다.

이른 아침에 녹상은 머리가 깨질 것 같은 고통을 느끼며 잠에서 깨어났다.

아직 눈을 뜨지는 않았지만 머리가 깨질 듯이 아픈 것 말고는 기분이 매우 편안했다.

특히 지금 자신이 취하고 있는 자세가 너무나 안락했다. 삼년 반 전부터 도망 다닌 이후 이렇게 편안한 자세로 잔 것은 처음인 것 같았다.

머리는 아팠지만 자세가 너무 편안해서 그녀는 조금 더 혼곤한 기분을 즐기다가 이윽고 눈을 떴다.

"……?"

그런데 뭔가 허여멀끔한 것이 눈앞에 있어서 깜짝 놀랐다. 그런데 그게 사람의 그것도 도무탄의 뺨이라는 것을 깨닫고는 더욱 놀랐다.

'뭐, 뭐야?

그녀는 자신의 입술이 도무탄의 뺨에 닿아 있다는 사실에 화들짝 놀라서 고개를 약간 들어 올렸다.

그랬다가 또 다른 사실을 깨닫게 되었다. 자신이 도무탄의 품에 완전히 폭삭 안겨 있는 상태에서 한 팔로는 그의 가슴을 끌어안고 있으며 다리 하나를 그의 복부에 얹어놓은 자세라는 것을 말이다.

그러므로 그녀의 풍만한 젖가슴은 그의 가슴에 짓눌려 있고, 활짝 벌려진 두 다리 깊숙한 곳의 은밀한 부위는 그의 골반에 쪼갤 듯이 얹혀 있었다.

'이런 빌어먹을… 이런 자세가 그렇게 편안했다니…….'

지난밤에는 정말 인사불성이 되도록 취했었다. 도대체 무슨 술하고 원수를 맺었다고 그렇게 미친 듯이 퍼마셨는지 모를 일이다.

정말 오랜만에 긴장이 풀려서 정신까지 해이해졌던 모양이다. 그런데 어느 순간부터는 아예 기억이 하나도 나지 않았으며, 언제 잠들었는지도 전혀 모른다.

그녀는 아주 조심스럽게 몸을 일으키기 시작했다. 그녀의 맞은편에 소진이 몸을 웅크린 채 도무탄의 겨드랑이에 코를 박은 자세로 자고 있는 모습이 보였다.

도무탄이 일어났을 때 침상에는 아무도 없었다.

그는 잠시 똑바로 누워서 정신을 수습하고는 천천히 상체를 일으켜 앉았다.

지난밤에는 문득 술 생각이 나서 가볍게 한두 잔만 마시려고 했는데, 난데없이 녹상이 자다가 깨어서 끼어들고 또 엄청나게 폭음을 하는 바람에 그녀를 대작(對酌)해 주다가 덩달아서 많이 마셔 버렸다.

그러나 술을 마시면서도 인피장갑에 대한 생각이 한시도 머릿속을 떠나지 않았었다.

그 당시에는 인피장갑, 즉 권혼이 그의 오른팔 속으로 감쪽같이 스며든 직후에 소진과 녹상이 연이어서 들어왔기 때문에 어떻게 해볼 겨를이 없었다.

그 이후에는 녹상과 술을 마시면서 그녀에게서 혈도에 대해서 배웠고, 그것을 속으로 몇 차례 반추하는 도중에 술이 취해 버렸었다.

슥—

도무탄은 오른팔 소매를 걷어 올리고 눈도 깜빡이지 않으면서 자세히 살펴봤으나 어제와 마찬가지로 아무것도 찾을 수가 없다.

바보 같은 짓이지만 침상 구석에 감춰놓은 상자를 꺼내서 열어봤으나 안은 텅 비어 있다.

어젯밤에 일어났던 일은 꿈이 아니라 현실이었다. 부인하고 싶지만 권혼은 그의 오른팔 속에 스며들어 가 있는 것이 분명하다.

'일단 인정하자.'

자신에게 벌어진 일을 인정하지 않고 계속 의문을 제기하고 있으면 제자리걸음만 할 뿐이다.

지난밤에 그가 술을 마시면서 녹상에게 혈도에 대해서 물었고 또 한 차례 강론을 들었던 이유는, 권혼에 새겨져 있던 글귀를 해석하고 또 그것에 따라서 직접 운공조식을 해보고 싶어서다.

물론 그 글귀가 운공조식을 하는 구결일 것이라는 그의 짐작이 맞는다면 말이다.

녹상에게 들은 설명은 인체의 백여 개의 중요혈도와 그것들의 역할에 대한 것이었다.

도무탄은 어제 권혼에서 읽었던 글귀를 처음부터 떠올려서 치근차근 해석해 나갔다.

아홉 살에 태원성에 왔을 때 그는 자기 이름조차도 쓸 줄 모르는 까막눈이었다.

하지만 그런 것은 조금도 문제될 것이 없었다. 그에게는 비상한 이해력이 있었고, 또한 한 번 본 것은 절대로 잊어버리지 않는 초인적인 기억력, 그리고 타의 추종을 불허하는 비범한 두뇌는 그가 태원성에서 성공하기 위하여 반드시 필요한 것들을 불과 몇 달 만에 깡그리 다 깨우치고 익히도록 해주었다.

그가 오늘날의 무진장이 되는 과정에 겪어야 했었던 수많은 난관을 일렬로 줄지어서 세워놓는다면, 지금 당면해 있는 일은 백 위 안에 끼지도 못한다.

'흠, 한번 해보자.'

권혼에 새겨져 있었던 글귀는 모두 아홉 구절이었으며 그것들은 세 구절이 하나의 단락인 것 같았다. 그래서 그는 우선 첫 번째 단락이 시키는 대로 해보기로 했다.

우선 두 다리를 오므려서 가부좌의 자세를 취하고 두 손을 가볍게 주먹을 쥐어 무릎에 얹었다.

"후우……."

한 차례 길게 숨을 내쉬고는 지그시 눈을 감고 어제 외워두었던 첫 번째 글귀를 떠올려 녹상이 가르쳐 준 혈도와 대입(代入)을 하면서 운공조식에 들어갔다.

지난밤부터 준비는 길었으나 막상 운공조식을 시작하자 채 반각도 지나지 않아서 끝났다.

눈을 뜬 그는 제일 먼저 오른손을 내려다봤지만 아무런 변화가 없다.

운공조식을 하면 권혼에 뭔가 변화, 즉 오른팔에 스며든 권혼이 다시 밖으로 돌출된다든지 하는 일이 벌어질 것이라 여겼는데 오산이었다. 그래서 별생각 없이 오른손을 천천히 들어 올려보았다.

후우…….

그런데 뭔가 이상했다. 그저 무릎에 있던 오른손을 반 자 높이로 들어 올리는 간단한 동작일 뿐인데 평상시하고는 느낌이 전혀 다르다.

마치 만 근 이상의 무게를 들어 올리는 것처럼 묵직한 느낌이면서도 실제로는 깃털 하나의 무게처럼 가벼웠다.

그는 이런 기이한 느낌이 어제 오른손으로 스며들어 간 권혼과 방금 끝낸 운공조식이 어떤 조화를 이루었기 때문일 것이라고 짐작하고 조금 흥분했다.

그래서 이번에는 들어 올린 오른손에 가만히 힘을 주어 주먹을 쥐어보았다.

구우…….

'오옷!'

오른팔에 상상도 할 수 없는 엄청난 힘이 느껴졌다. 휘두르기만 하면 당장 태산이라도 한 방에 붕괴시킬 수 있을 것만 같았다.

'어쩌면 이게 권혼의 실체(實體)일지도 모른다.'

그는 적잖이 흥분하여 침상에서 내려와 무언가 찾으려는 듯 실내를 두리번거렸다.

오른손의 위력을 한번 시험해 보고 싶었으나 마땅한 물건이 눈에 띄지 않았다.

그는 지금의 이 신선한 흥분과 느낌을 그대로 놔두고 싶지 않았기 때문에 서둘러 밖으로 나갔다.

그런데 지나친 흥분 때문에 자신이 누군가의 부축을 받아야지만 겨우 걸음을 옮길 수 있는 부상자의 신세라는 사실을 이 순간에는 망각하고 있었다.

마당으로 나왔으나 막태의 수하 한 명이 지키고 있어서 아예 집 밖으로 나갔다.

"나 혼자 다녀올 데가 있으니까 기다려라."

따라오려는 수하를 떨쳐놓고 혼자 강변으로 내려갔다. 한겨울 이른 아침의 강변이라서 매우 추웠으나 몹시 흥분한 그는 추위를 전혀 느끼지 않았다.

두리번거리면서 강가를 따라서 걷던 그는 큼직한 바위들이 불규칙적으로 듬성듬성 서 있는 곳을 발견했다.

평소 같으면 주먹으로 바위를 때리는 행위는 미친 짓이 분명할 테지만 지금은 바위 아니라 무쇠라고 해도 한주먹에 으깨 버릴 수 있을 것만 같았다. 그런 힘이 오른손에 충만해 있었다.

마침 적당한 바위를 발견하고 그 앞에 멈췄다. 검은빛이 반지르르 흐르는 흑석인데 그의 키보다 약간 컸고 둘레는 두 아름쯤 됐다.

한눈에도 매우 단단한 돌이었다. 이 정도면 시험을 하는 데 부족함이 없을 터이다.

"후우……."

그는 한 차례 심호흡을 하고서 두 다리로 단단히 바닥을 지탱하고는 오른 주먹을 꼭 쥐고 오른팔을 천천히 뒤로 물렸다가 멈추고는 한순간 힘껏 바위를 향해 휘둘렀다.

휙!

만약 지금 그가 상상하고 있는 것이 맞는다면 바위가 깨지거나 어떤 변화를 보이겠지만, 반대로 틀렸다면 주먹이 박살 나고 말 터이다.

그런 생각이 떠오르자 찰나지간 휘둘러 가는 주먹에서 힘이 약간 빠져 버렸다. 본능적인 자기보호 같은 것이다.

뻑!

그와 동시에 둔탁한 음향이 터지며 오른 주먹이 물컹한 진흙 속에 푹 박히는 느낌이 전해졌다.

그가 쳐다보니 믿을 수 없게도 가슴 높이의 바위 옆으로부터 주먹이 푹 파묻혀 있었다.

바위의 표면에서 무려 한 자 깊이로 박혀 있다. 뼈와 살로 이루어진 주먹이 쇠처럼 단단한 바위를 뚫고 쑤셔 박히다니 넋이 달아날 일이다.

'성공이다!'

그런데 황당한 일이 벌어졌다. 바위 속에 박힌 주먹이 꼼짝도 하지 않는다. 빠지지 않는 것이다.

'음?'

자신의 생각이 틀렸다면 주먹이 박살 날지도 모른다는 생각을 하는 바람에 마지막 순간에 팔에서 힘을 조금 뺀 것이 이런 결과를 초래하고 말았다.

그러지 않았으면 바위를 부수든가 주먹이 바위를 관통했을 것이다.

그런데 아무리 힘을 줘서 빼려고 해도 주먹은 꼼짝도 하지 않고 나중에는 팔이 찢어질 것처럼 아팠다.

아까 운공조식을 한 후에 오른손에 생겼던 가공할 기운이 조금도 남아 있지 않은 것 같았다. 바위를 한 번 때리면서 소모돼 버린 것이다.

지금 같은 상황에 주먹을 뽑으려고 아등바등하는 것은 바보천치나 하는 짓이다.

어째서 이런 현상이 벌어졌는지를 생각하고 또 이해를 해야지만 해결책이 보일 것이다.

도무탄은 오른 주먹을 바위 속에 묻은 채 잠시 생각하다가 곧 왜 그런지 알게 되었다.

아니, 어째서 그런지는 모르지만 한 번 운공조식을 하면 오른 주먹의 힘을 딱 한 번만 사용할 수 있는 것 같았다. 현재로썬 그렇게밖에는 이해할 수가 없다.

그래서 그는 다시 오른손에 가공할 기운을 일으키기 위해서 즉시 운공조식에 들어갔다.

운공조식이란 단정하게 앉아서 가부좌를 틀고 하는 게 상식이지만 주먹이 바위 속에 꽂혀 있어서 그럴 수가 없어 선 채로 했다.

그러면서 한편으로 생각했다. 반각 동안 운공조식을 해서 겨우 한 번 가공한 오른손의 위력을 사용할 수밖에 없다면 무용지물이나 다름이 없다.

정말 그렇다면 싸움이 벌어지기 전에는 반드시 운공조식을 해서 오른 주먹을 달궈놔야 하는 것은 물론이고, 그렇게 해서 싸우게 됐을 때 한주먹에 상대를 죽이거나 제압하지 못하면 내가 죽어야만 하는 웃지 못할 상황이 벌어지고 말 것이다.

그렇다면 적이 여러 명일 경우에는 싸움 자체를 시작하지 말아야 할 것이다.

그의 추측이 맞았다. 다시 반각에 걸쳐서 운공조식을 하여 세 구절 첫 단락을 다 외우니까 오른팔에 아까의 그런 힘이 불끈거리는 것이 느껴졌다.

파앗!

불끈 힘을 주어 바위에서 주먹을 단번에 뽑고 나니까 또다시 오른 주먹의 기운이 씻은 듯이 사라졌다.

'그렇다면 싸우게 될 때에는 운공조식 상태를 지속하고 있어야 한다는 얘긴데…….'

"오빠! 어디 있어?"

그때 집 쪽에서 녹상의 카랑카랑한 외침이 들려와서 그는 서둘러 집으로 향했다.

별다른 뜻은 없지만 녹상에게는 권혼의 비밀에 대해서 당분간 비밀로 해야겠다고 생각했다.

도무탄이 강변에서 강둑 위로 성큼성큼 뛰듯이 올라오는 것을 녹상이 놀라서 눈을 동그랗게 뜨며 물었다.

"어떻게 된 거야? 이제 막 움직여도 괜찮아?"

"아……."

총명함이 지나칠 정도인 도무탄이지만, 권혼이 스며든 오른손에만 지나치게 신경을 쓰고 흥분을 하다 보니까 자신이 누군가의 부축을 받아야지만 움직일 수 있는 몸이라는 사실을 잠시 망각하고 있었다.

그뿐만이 아니라 마음대로 움직이다 못해서 바위에 구멍까지 뚫었는데도 전혀 아프지 않다는 사실마저도 까맣게 모르고 있다가 지금에야 깨달았다. 그만큼 권혼과 오른손에 몰두하고 있었던 것이다.

도무탄은 검에 찔렸던 가슴과 복부를 어루만지면서 짐짓 슬쩍 인상을 썼다.

"쿡쿡 쑤시기는 하는데 언제까지나 누워 있을 수는 없지. 조금 움직이니까 괜찮은 것 같다."

"킬킬… 술이 약이었군?"

녹상은 짓궂은 악동처럼 웃으며 자기보다 머리가 하나 반은 더 큰 도무탄의 어깨에 팔을 걸치고는 집으로 나란히 걸어 들어갔다.

도무탄은 자신의 상처가 아프지 않은 원인이 필경 권혼 덕분일 것이라고 짐작했다.

第八章

천상옥화(天上玉花)

등롱기

"이따 밤에 궁효 형님께서 난촌으로 대형을 찾아뵙겠다고 말했습니다."

집 앞에서 마차가 출발하기 전에 막태가 그렇게 말했다.

궁효가 도무탄에게 온다는 것은 한 달여 전 천보궁에서 있었던 습격사건에 대한 조사가 끝났다는 뜻이다.

다각다각…….

도무탄 등이 탄 마차가 빠르지도 느리지도 않게 한가로이 관도를 굴러가고 있다.

마부석에는 막태가 혼자 앉아 있으며 마차를 호위하는 사람은 없다.

막태는 다 함께 가면 사람들 눈에 띄기 십상이라서 두 명의 수하에게는 따로 난촌으로 오라고 명령했다.

녹상만 아니었다면 아까 그 집에서 계속 있어도 별일이 없었을 것이다. 도무탄은 진권문 사람들 눈만 피하면 되기 때문이다.

하지만 녹상은 소림사 추격대에다가 수백 명의 무림인까지 피해야 하는데, 지금까지 머물던 집은 한적한 곳에 외따로 있어서 의심받기 딱 좋아서 더 안전한 장소로 옮길 수밖에 없는 것이다.

두 필의 말이 끌고 있는 마차는 안팎이 다 평범했다. 널찍한 마차 안에는 푹신한 보료가 깔려 있으며, 그 위에 도무탄과 녹상이 마주보는 자세로 누워 있고, 소진은 도무탄 옆에 앉아 있다.

녹상은 숙취 때문에 머리를 들지 못할 만큼 괴로워하다가 마차에 타자마자 잠이 들어버렸다.

도무탄은 마차가 출발한 순간부터 줄곧 눈을 감고 권혼에 새겨져 있던 글귀에 대해서 생각하고 또 그것을 해석하려고 애쓰는 중이다.

반각 동안 운공조식을 하고 나면 가공할 위력의 오른팔을 딱 한 번만 사용할 수 있는 말도 안 되는 일의 해결책을 뒤쪽의 글귀에서 찾게 되기를 기대하고 있다.

글귀, 즉 권혼심결(拳魂心訣)은 모두 아홉 구절이며 세 구절씩 묶으면 세 단락이다.

도무탄은 뒤쪽 두 단락의 글귀를 모두 해석했지만 그것이 해결책인 것 같지는 않았다.

운공조식을 해보면 알 수 있을지도 모르지만, 혹시 오른팔이 어떤 이상한 반응을 보일지도 몰라서 마차 안에서는 시도하지 않기로 했다.

그는 마음을 편히 먹었다. 난촌에 도착하면 시간이 많을 테니까 그때 가서 심도 있게 차근차근 시도해도 늦지 않다고 생각했다.

그런데 아까 아침에 권혼심결의 첫 번째 단락을 운공조식하고 난 이후부터는 가슴과 복부, 허벅지의 상처가 전혀 아프지 않다.

최소한 앞으로 보름 정도는 더 정양을 해야 완쾌될 수 있는 상처였는데 아무리 생각해 봐도 그 이유를 알 수가 없다. 그 이유 역시 난촌에 도착하고 나면 차분하게 알아봐야 할 과제다.

난촌은 해룡방의 마을이다. 난촌에 살고 있는 갓난아기부터 늙은 노인에 이르기까지 해룡방의 가족이 아닌 사람이 한 명도 없다.

그렇지만 그런 사실을 알고 있는 사람은 해룡방 사람 말고는 거의 없다.

덜컥…….

그런데 그때 마차가 갑자기 멈추었고 자던 녹상이 번쩍 눈을 떴다.

그녀는 극도로 긴장한 표정으로 손가락 하나를 세워 입에 대고 아무 말도 하지 말라는 시늉을 해 보이면서 상체를 일으켜 마차 밖의 동정을 살폈다.

도무탄은 아무런 기척도 감지하지 못했다. 하지만 마차가 섰다는 것은 누군가 마차를 세웠다는 뜻이다.

"아미타불… 실례지만 빈승들이 잠시 마차 안을 살펴봐도 되겠소?"

그때 마차의 앞쪽에서 조용하면서도 웅혼한 불호 소리가 들려왔다.

'소림사!'

도무탄은 움찔했다. 불호를 외웠다면 승려일 테고, 그렇다면 밖에서 마차를 세운 자들은 녹상을 추격하고 있는 소림사 무승이 분명할 것이다.

도무탄이 쳐다보니까 녹상의 눈동자가 쉴 새 없이 좌우로 구르며 불안한 기색이 역력했다.

"왜 그러시오? 마차 안에는 우리 형님하고 여자 둘만 타고 있소!"

막태가 깐깐한 목소리로 어깃장을 부리고 있지만 그가 소림사 무승들을 제지할 수는 없을 것이다.

"그럼 실례하겠소."

이번에는 또 다른 목소리인데 마차 가까이에서 들렸다.

녹상이 두 손으로 바닥을 짚으면서 도무탄 쪽으로 상체를 기울이며 초조함과 불안이 범벅된 표정으로 어떻게 하면 좋으냐는 듯 쳐다보았다.

녹상의 말에 의하면 소림사 무승들은 그녀가 남자인 줄로만 알고 있지 지금 하고 있는 여자, 그것도 소녀 모습은 전혀 모른다는 것이다.

그렇지만 마차 문이 열리고 소림사 무승들이 가까이에서 녹상을 자세히 살펴보면 그녀도 모르고 있는 뭔가를 발견할지도 모른다.

어쩌면 이것은 괜한 염려일 수도 있지만 녹상은 그것 때문에 피가 말라 버릴 것만 같았다.

슥—

그때 도무탄이 갑자기 두 손을 뻗어 녹상을 붙잡는가 싶더니 그녀를 쓰러뜨리면서 그 위에 같이 엎어졌다.

'악! 뭐, 뭐야?'

녹상은 화들짝 놀라서 하마터면 비명을 지를 뻔했으나 도무탄의 의도를 즉시 알아차렸다.

마차 안에서 둘이 진한 행동을 하면서 소림사 무승들의 눈을 속이자는 것이다.

'이… 이놈이?'

그런데 녹상을 쓰러뜨린 도무탄이 그녀의 상의를 아래에서부터 위로 단번에 치켜 올리자 젖 가리개까지 상의에 딸려 올라가서 한 쌍의 풍만한 젖가슴이 출렁 다 드러났다.

그는 젖가슴에 얼굴을 묻으며 그것으로도 모자라서 급히 손을 아래로 내려 그녀의 바지를 서둘러 벗겨 내렸다.

덜컥!

"아미타불… 실례하겠소."

마차 문이 열리고 조용한 불호 소리가 들렸다. 그리고는 하나의 얼굴이 마차 안을 들여다보았다.

"아……."

이십 대 중반에 형형한 안광, 꽤 영준한 용모의 젊은 무승은 마차 안에서 벌어지고 있는 광경을 발견하고는 부지중 낮은 탄성을 흘리면서 그 자리에 굳어버렸다.

도무탄은 작은 수박처럼 드러난 녹상의 탐스러운 젖가슴에 얼굴을 묻은 채 유두를 게걸스럽게 빨아대고 있으며, 바지가 무릎에 걸쳐져 있는 그녀의 은밀한 부위를 커다란 손으로 마구 유린하고 있었다. 물론 뜯어져 나간 속곳은 옆에 흩어져 있었다.

그것은 누가 보더라도 남녀가 정사를 하기 직전의 열렬한 상황이 분명했다.

도무탄은 마차의 문이 열렸다는 사실도 모르는 것처럼 헐떡거리면서 거칠게 행동하고 있었다.

당황한 와중에도 녹상은 마차 문이 열렸다는 사실을 깨닫고 도무탄의 행동에 반응을 보여야 한다고 판단했다.

"아아… 오빠……."

그녀는 눈을 감고 몸을 바들바들 떨면서 뜨거운 숨결을 토해냈다.

청년 무승의 시선은 도무탄의 손에 잠시 고정되었다. 그 손은 녹상의 벌어진 허벅지 깊숙한 곳을 헤집고 있었다.

"아… 아미타불… 실례했소……."

순간 청년 무승은 번쩍 정신을 차리고 얼굴이 벌게져서 불호를 외우더니 다급히 마차 문을 닫아버렸다.

마차 문이 닫히는 순간 도무탄의 행동은 뚝 멈췄다. 하지만 즉시 일어나지 못하고 그 자세 그대로 움직이지 않고 가만히 있었다. 소림사 무승이 언제 마차 문을 다시 열지 모르기 때문이다.

"하아아… 오빠……."

그런데 그때 녹상이 멈추지 않고 계속 그를 끌어안으면서 신음을 흘렸다.

[계속해. 아직 안 갔어.]

그러면서 그녀의 냉정한 목소리가 도무탄의 고막을 울렸다. 순간 그는 정신이 번쩍 들어 잠시 멈추었던 행동을 다시 시작했다.

소림무승이 당황해서 급히 마차 문을 닫기는 했지만 안에서 무슨 일이 벌어지고 있는지는 꼭 눈으로 봐서만 알 수 있는 것이 아니다.

더구나 소림무승처럼 고수라면 귀로 듣는 것이나 눈으로 보는 것이나 같을 터이다.

방금 전에 문이 닫히자마자 도무탄이 행동을 멈추었기 때문에 소림무승이 그것을 이상하게 여기고 지금이라도 다시 문을 열지 모른다는 생각이 들어서 그는 더욱 열심히 몸을 움직였다.

즉, 입으로 녹상의 유두를 세차게 빨고 젖가슴을 주무르면서 손으로는 은밀한 부위를 들쑤셨다.

소진은 한쪽에 우두커니 앉아서 눈을 동그랗게 뜨고 도무탄과 녹상을 바라보는데 얼굴에는 놀라움과 당황스러움이 가득 떠올랐다.

소진은 난데없이 벌어진 이 해괴한 광경에 대해서 아무것도 이해하지 못했다.

그저 그녀 눈앞에서 벌어진 적나라한 광경만이 머릿속으로 전달되고 있을 뿐 소림무승이 마차 문을 열었다가 닫았다는 사실조차도 모르고 있었다.

특히 그녀의 눈길을 온통 빼앗고 있는 것은 도무탄의 오른손이다.

녹상의 은밀한 부위를 거침없이 유린하고 있는 손을 부릅뜬 눈으로 쏘아보면서 소진은 숨을 쉴 수가 없었다.

[아아… 이, 이제 됐어.]

녹상의 목소리, 즉 전음입밀이 도무탄의 귓전을 울린 것은 그로부터 열다섯 호흡쯤 지난 후였다. 그런데 그녀의 목소리가 가늘게 떨리고 있었다.

뚝.

도무탄은 동작을 뚝 멈추며 입에서 녹상의 유두를 뱉어내고는 거칠게 숨을 헐떡였다.

"헉헉헉……."

십사 세에 우연찮게 첫 동정을 버리고 나서 지금껏 정사를 수백 번도 더 해봤지만 지금처럼 힘들었던 적은 한 번도 없었다.

진짜가 아닌 가짜 정사 흉내를 내는 것이 진짜 정사보다 더 힘들 줄은 예전에는 미처 몰랐었다. 소림무승 때문에 너무 긴장했기 때문이다.

"손가락."

녹상이 누운 채 조용히 중얼거렸다.

"응?"

도무탄은 그녀의 풍만한 젖가슴에 뺨을 얹은 상태에서 반쯤은 잠에 취한 듯한 표정을 지었다.

"빼."

도무탄은 상체를 부스스 일으키면서 녹상의 은밀한 부위에 있던 손을 뗐다.

그제야 그는 자신의 손가락이 어느 곳으로 깊숙이 들어가 있었던 사실을 깨달았다.

그가 일어나 몸에서 떨어지자 녹상도 일어나서 묵묵히 상의를 내리고 바지를 추켜올렸다.

그녀는 어깨에 검을 메고 있었는데 도무탄이 그녀를 쓰러뜨리고 상의를 위로 걷어 올린 바람에 검이 가려져서 소림무승에게 들키지 않았었다.

그런데 검을 등에 깔고 누워 있었던 터라서 등이 배겼는지 그녀는 부지중에 묵직한 신음을 흘리면서 검을 똑바로 고쳐 멨다.

"으음."

잠시 후에 마차가 멈추더니 막태가 문을 열었다.

"대형, 괜찮으십니까?"

가부좌로 앉아 있던 도무탄은 맞은편에 비스듬히 눕듯이 기대어 있는 녹상을 힐끗 보고는 고개를 끄떡였다.

"세 명의 중이었습니다. 관도 남쪽으로 완전히 사라지는 모습을 확인했습니다."

"출발해라."

막태가 공손히 허리를 굽힌 후 문을 닫고 물러간 후에 이윽고 마차가 다시 움직였다.

"추격대는 모두 몇 명이냐?"

도무탄은 조금 전에 그 일이 있고 나서 처음으로 녹상을 쳐다보며 물었다.

"열여덟 명. 소림사 십팔복호호법(十八伏虎護法)이야."

녹상은 눈을 내리깔고 심드렁하게 대꾸했다.

"그렇지만 소림사 땡중들은 다 함께 모여 있는 경우가 흔하지 않아. 마지막으로 내가 놈들하고 싸울 때가 가장 많았던 것 같은데 그때가 여섯 명이었어."

도무탄은 적이 놀란 표정을 지었다.

"소림무승 여섯 명하고 싸워서 이겼다는 거야?"

녹상은 어이없다는 표정을 지었다.

"순진한 거야? 아니면 밥통이야? 십팔복호호법은 소림사 공(空)자 배분의 이대제자(二代弟子)로써 각자가 무림에서 초일류고수 수준이야. 나는 그중에 한 명하고 일대일로 겨우 싸울 수 있는 수준이라고."

"그럼 어떻게 한 거냐?"

녹상은 떫은 표정을 지었다.

"사력을 다해서 싸우다가 주먹 한 대 맞고 검에 찔리고는 죽어라고 도망쳤었지."

"도망을 쳐? 소림무승 여섯 명 손에서?"

녹상은 눈을 흘겼다.

"이래 봬도 내 경공술과 보법은 일절(一絶)이야. 내가 마음 제대로 먹고 도망치려고 작정을 하면 아무도 날 잡을 수 없을 걸?"

도무탄은 진지한 표정으로 그녀를 응시했다. 녹상은 그를 보며 의아한 표정을 지었다.

"왜?"

"경공술하고 보법."

녹상은 더 들을 것도 없다는 듯 손을 휘휘 저었다.

"됐어. 꿈 깨."

"상아."

"억만금을 줘도 안 되는 건 안 되는 거야."

도무탄은 녹상의 경공술과 보법이 천하제일은 아니더라도 굉장할 것이라고 생각했다.

천하제일의 도둑이라는 명성을 지니고 있으면 그것은 당연한 일이다.

그래서 천신권의 권혼과 잘 어울릴 것이라 생각했는데, 녹상에게 가르쳐 달라고 말도 꺼내기 전에 거절을 당해서 기분이 씁쓸했다.

그러나 그는 내색하지 않고 화제를 바꿨다.

"어딜 다친 거냐? 아직 치료하지 않았지?"

"……."

녹상은 자기가 방금 전에 일언지하에 냉정하게 거절을 했는데도 도무탄이 개의치 않고 염려스러운 표정으로 묻자 뜨악한 표정을 지었다.

언제나 자신의 감정에 충실한 그녀로서는 도무탄의 행동이 이해하기 어려웠다.

도무탄이 그녀에게 다가가려고 하면서 두 손을 뻗었다.

"어딜 다쳤는지 내가 직접 찾아보랴?"

"손모가지 확 부러뜨린다?"

녹상은 새파란 눈으로 도무탄의 손을 쏘아보고 나서 태연하게 대답했다.

"등하고 궁둥이야."

"치료했어?"

"아니."

도무탄은 혀를 차며 핀잔을 주었다.

"쯧쯧… 덧나면 어쩌려고 그래?"

"너 같으면 자기 등하고 궁둥이 치료할 수 있어?"

녹상은 발끈했다.

도무탄은 짐짓 눈을 부릅떴다.

"오빠한테 어딜?"

녹상은 눈을 치켜뜨더니 발을 확 들며 걷어차는 시늉을 하며 소리쳤다.

확!

"오빠가 누이동생에게 그런 짓을 하냐? 엉? 그러고도 오빠 소리 듣고 싶어?"

"미안하다. 그때는 어쩔 수가 없었다."

두 사람은 아까 그 일에 대해서는 서로 민망해서 입을 다물고 있었는데 어쩌다가 한 번 그 일을 입에 올리자 녹상은 그를 잡아먹을 듯이 노려보았다.

"미안하다는 말이면 다 되는 줄 알아? 그 입으로 내 젖을 빨고 손가락으로 거길 막……."

그녀는 차마 더 이상 말하지 못하고 눈빛으로 그를 죽일 듯이 쏘아보았다.

도무탄은 입이 열 개라도 지금은 침묵을 지키는 편이 좋다고 생각했다.

"그만해요."

그런데 뜻밖에도 지금껏 침묵을 지키고 있던 소진이 참견을 했다.

"오라버니께서 그러지 않았으면 지금쯤 당신은 어떻게 됐을 것 같아요?"

소진은 그 당시에는 너무 놀라서 도무탄의 행동을 이해하지 못했었는데 시간이 지난 후에야 왜 그랬었던 것인지 이해할 수 있었다.

녹상은 찔끔했다.

"오라버니께서 그러고 싶어서 그랬겠어요? 태원성 제일부자인 오라버니께서 마음만 먹으면 절색미녀들이 줄을 설 거예요. 행여 당신한테 손톱만큼이라도 다른 마음이 있었을 거라고는 기대하지 마세요."

"너……."

녹상은 소진의 말이 쇠꼬챙이가 되어 온몸을 푹푹 찌르는 것 같았다.

"할 말 있어요?"

"아니… 그게 아니라 나한테 당신이 뭐니? 언니라고 부르라니까."

소진은 약상자를 들고 녹상에게 다가갔다.

"어디 언니다워야 언니라고 부르죠. 치료할 테니까 돌아앉아서 상처나 보여줘요."

녹상은 묵묵히 돌아앉더니 어깨의 검을 풀고는 상의를 훌러덩 벗고 속곳까지 풀었다.

뽀얗게 흰 등 한가운데에서 누렇고 붉은 피고름이 아래로 흘러내리고 있었다.

원래 그곳에 생긴 상처를 치료하지 않고 방치한 탓에 덧났었다가, 아까 도무탄이 그녀를 쓰러뜨리고 강제로 찍어 누른 바람에 터져 버린 것이다.

"이 지경이 되도록 왜 아무 말도 하지 않았어요?"

"뭐… 견딜 만했으니까……."

"정말 미련곰퉁이가 따로 없다니까."

상처가 생긴 이후 여태까지도 혼자서 잘 참아온 녹상이지만 소진이 치료를 시작하자 아파 죽겠다면서 비명을 지르며 난리를 피웠다.

"아아… 아프다구! 좀 살살할 수 없겠니? 아아……."

두 여자가 치료를 하는 동안 무료한 도무탄은 권혼심결 첫 번째 구절을 운공조식했다.

딱히 할 일도 없고 첫 번째 구결에 대한 운공조식은 이미 두 번 해봤던 터라서 별일이 일어나지 않을 것이라고 생각했다.

도무탄과 소진이 며칠을 보냈던 집에서 난촌까지는 마차로 한 시진 남짓 걸렸다.

“전방에 난촌이 보입니다.”

마부석의 막태가 나직하게 외치고 나서 다섯 호흡쯤 지났을 때였다.

“멈춰라.”

마차 앞쪽에서 나직하면서도 웅혼한 남자의 외침이 터졌다.

그긍…….

마차가 묵직하게 멈추고 있을 때 마차 안의 도무탄과 녹상은 움찔 놀라며 부지중 서로의 얼굴을 쳐다보았다.

도무탄이 눈짓으로 무슨 일이냐고 물으니까 녹상은 자기도 모른다고 고개를 흔들었다.

목소리만 듣고서는 마차를 세운 자가 소림무승인지 아닌지 구별하는 것이 쉽지 않았다.

그러나 목소리가 웅혼한 젊은 남자의 것이라는 점에서 소림무승일 가능성이 컸다.

난촌을 코앞에 놔두고 또다시 이런 일이 생기다니 정말 재수가 없는 날이다.

녹상은 착잡한 표정을 지으며 도무탄을 바라보았다. 말은 하지 않았으나 마차를 멈추게 한 자들의 눈을 속이기 위해서 아까처럼 진한 행동을 다시 한 번 해야만 하지 않을까 하고 그녀가 눈빛으로 물었다.

지금으로선 달리 뾰족한 방법이 없기 때문에 도무탄도 녹상하고 같은 생각이지만 선뜻 그러자고 고개를 끄떡이기가 쉽지 않았다.

그런데 녹상이 갑자기 재빠른 동작으로 어깨의 검을 풀어서 이불 밑에 감추더니 상의를 들어 올려 젖가슴이 출렁 드러나게 했다.

도무탄과 소진이 움찔 놀라고 있을 때 그녀는 이번에는 바지를 속곳과 함께 무릎까지 훌러덩 내리면서 뒤로 벌렁 누웠다.

그 바람에 그녀의 은밀한 곳에 검은 방초(芳草)가 수북한 것이 적나라하게 보였다.

녹상이라고 좋아서 이러겠는가. 젖가슴과 옥문을 드러낸 채 누워 있는 그녀의 얼굴은 착잡하기 그지없었다.

그녀는 몇 사람의 발걸음 소리가 마차 쪽으로 다가오는 기척을 감지하고 조급한 표정으로 손짓을 하며 도무탄에게 전음을 보냈다.

[놈들이 오고 있어. 빨리 해.]

도무탄은 사태의 긴박함을 알아차리고 즉시 자신의 바지를 내리면서 녹상의 몸 위로 엎드려서는 발로 그녀의 바지를 밀어서 완전히 벗겨 버렸다.

녹상은 그의 갑작스런 행동에 적잖이 놀랐으나 그가 벌거벗은 하체로 그녀의 하체에 부딪쳐 오자 왜 그러는 것인지 곧 깨달았다.

만약 지금 검문하려는 자들이 아까 그 소림무승들이라면, 그래서 도무탄과 녹상이 아까처럼 똑같은 행동을 하고 있다면 틀림없이 의심을 할 것이다.

다시 말해 도무탄과 녹상이 아까는 전희(前戲)를 하고 있었기 때문에 지금쯤은 흥분이 고조되어 정사를 하고 있어야지만 일의 전말이 맞다. 그렇게 오랫동안 애무만 하고 있는 것은 뭔가 이상하다.

녹상은 남자와 정사를 해본 경험이 한 번도 없지만 그래야 한다는 것을 상식적으로 알아차렸다.

도무탄은 두툼한 입술로 녹상의 작고 도톰한 입술을 덮으면서 손으로는 젖가슴을 터뜨릴 듯이 움켜잡고 마치 음경을 삽입한 것처럼 허리를 부지런히 진퇴시켰다.

경험이 없는 녹상은 뻣뻣하게 누워서 그가 하는 대로 가만히 있으면서 온 신경은 마차 밖에 가 있었다.

그러자 이런 방면에 경험이 많은 도무탄은 그녀의 두 다리를 활짝 벌려 자신의 허리를 감도록 하고 두 손으로는 궁둥이를 집게 했다.

그리고는 혀로 그녀의 입술을 벌리게 하고 힘차게 혀를 빨아들였다.

'허억!'

혀가 뿌리째 뽑혀지는 듯한 느낌에 그녀는 속으로 비명을 질렀다.

덜컥!

바로 그때 마차 문이 왈칵 열리면서 환한 빛이 일시에 쏟아져 들어왔다.

그녀는 눈을 질끈 감고 두 다리로는 도무탄의 허리를 휘어감고 두 손으로는 그의 궁둥이를 힘껏 끌어안은 채 일부러 세차게 몸부림을 쳤다.

마차 문을 활짝 연 화산이웅의 이웅은 마차 안에서 벌어지고 있는 광경을 발견하고 움찔 놀라는 것 같더니 곧 눈을 번뜩이면서 흥미 있는 표정을 지었다.

그는 마차 안에서 하체를 벌거벗은 반라(半裸)의 남녀가 하나로 뒤엉켜서 질펀하게 정사를 하고 있을 줄은 전혀 예상하지 못했었다.

하지만 그는 그런 광경을 혼자 보기 아까운 듯 약간 떨어진 곳에 나란히 서 있는 일웅과 천상옥화에게 전음을 보내며 빨리 오라고 손짓을 했다.

[빨리 와보시오.]

그는 천상옥화가 이런 광경을 보고 어떤 반응을 보일지 벌써부터 궁금해서 미칠 지경이다.

천상옥화는 한 지역에서 다른 지역으로 이동할 때 자신을 따르는 수많은 청년 고수 중에서 마음에 드는 한두 사람을 지목하여 수행하게 하는 것으로 유명한데, 이번 태원행에는 화산이웅을 지목했었다.

평소에 천하이미 중 한 명인 천상옥화하고 단 한 번 마주 서보는 것만으로도 무상의 영광이라고 생각했었던 화산이웅에게 있어서 이번 태원행은 죽어서도 잊지 못할 최고의 여행이 되고 있다.

그런데 옛말에도 포난생음욕(飽暖生淫慾), 즉 배부르고 등 따뜻하면 음탕함이 샘솟는다고 했는데, 지금 화산이웅의 상황이 그렇다.

예전에는 꿈속에서조차 그리워하는 천상옥화 앞에 그저 한 번 서보는 것만으로도 무상의 영광이라고 소원했었는데, 그녀와 열흘 넘게 함께 여행을 하다 보니까 은근히 과한 욕심이 생겼다.

그래서 이제는 화산이웅 두 사형제가 굳게 합심하여 그녀와 한 번만이라도 정사를 하고 싶다는 욕심을 남몰래 키우고 있는 중이다.

일단 한 번 정사를 하고 나면 천상옥화는 꼼짝없이 자신들의 여자가 될 것이라고 나름대로 예상했다.

그때 가서 그녀가 누구의 여자가 되든지 그건 나중에 결정하면 될 것이라고 생각했다.

무리한 욕심이지만 사람이란 욕심을 품고 있는 동안에는 그것이 무리하다는 생각을 절대로 하지 않는다.

소진은 구석에 잔뜩 몸을 웅송그리고 오들오들 떨면서 도무탄 쪽과 이웅을 번갈아 쳐다보았다.

이웅은 소진을 발견했으나 신경도 쓰지 않고 도무탄과 녹상만 뚫어지게 주시했다.

그가 서 있는 활짝 열린 마차 문 쪽에서는 한 덩이로 엉켜 있는 두 사람의 옆모습이 보였다.

은밀하게 결합되어 있는 부위를 제대로 보려면 마차 안으로 들어가서 소진이 앉아 있는 방향에서 봐야만 하는데 그렇게 하는 동안에 정사를 하는 남녀가 눈치를 채고 그만둘 것 같았다.

도무탄과 녹상은 마차 문을 연 누군가가 자신들을 지켜보고 있다는 것을 알기 때문에 지금 하고 있는 행동을 멈출 수가 없는 상황이다.

"아아… 아흑! 하아아……."

도무탄이 혀를 놓아주고 젖을 빨면서 미친 듯이 허리를 움직이자 녹상은 죽기 살기로 그에게 매달리며 숨넘어가는 교성을 쏟아냈다.

눈을 뜰 수가 없는 녹상은 활짝 벌어진 자신의 옥문을 단단한 그 무엇이 자꾸만 쿡쿡 찌르는 것을 느꼈다.

그녀는 그것이 도무탄의 음경이라는 사실을 알고 있으나, 이런 상황에서도 어째서 단단하게 발기한 것인지 도무지 이해할 수가 없으며, 한편으로는 이렇게 자꾸만 찌르다가는 저 해괴한 물건이 자신의 옥문으로 삽입될 수도 있을 것이라는 불안감이 피어났다.

이웅은 마차 문 바깥쪽으로 다가온 일웅과 천상옥화에게 손가락을 입에 대고 조용히 하라는 시늉을 해보이며 마차 안을 가리켰다.

일웅은 마차 안에서 벌어지고 있는 광경을 발견하더니 눈을 빛내면서 재빨리 천상옥화의 반응을 살폈다.

그런데 천상옥화는 그 광경을 보자마자 소스라치게 놀라 얼굴이 하얗게 변하며 외면했다.

"앗!"

그녀의 날카롭고 짧은 비명에 도무탄과 녹상은 움찔 놀라 동작을 멈추며 열린 문 쪽을 쳐다보았고, 화산이웅은 벌레 씹은 표정을 지었다.

도무탄은 그제야 누가 자신들을 지켜보고 있는 사실을 알았다는 듯 당황하는 체하면서 급히 이불로 녹상의 몸을 덮어

주고 자신의 바지를 끌어올렸다.

"저 짐승 같은 것들 둘 다 끌어내서 죽여 버려요!"

그때 천상옥화가 서슬이 시퍼래서 차갑게 내뱉으며 뒤로 물러섰다.

"이리 나와라."

그녀의 말이 떨어지기 무섭게 화산이웅은 각기 도무탄과 녹상의 팔을 잡고 마차 밖으로 끌어내 땅바닥에 거칠게 집어 던졌다.

도무탄이 이불을 덮어준 덕분에 이불 속에서 재빨리 바지를 추켜서 입고 상의를 내린 녹상은 마차 밖 땅에 떨어지면서 빙그르 굴렀으나, 도무탄은 바지를 입으려고 두 손으로 괴춤을 움켜잡고 있다가 땅바닥에 모질게 나뒹굴었다.

쿵!

"윽……."

녹상이 옆으로 쓰러져 있는 도무탄을 부축해 일으켰다.

"괜찮아?"

"응."

열려 있는 마차 문을 등지고 땅바닥에 도무탄과 녹상이 앉아 있으며, 그 앞에 천상옥화와 화산이웅이 우뚝 버티고 서 있었다.

"이게 무슨 짓이냐?"

그때 막태가 마부석에서 뛰어내려 북방도를 뽑아 쥐고 득달같이 달려오며 외쳤다.

그는 도무탄이 땅바닥에 나뒹구는 광경을 보고 눈이 확 뒤집어져 버렸다.

"막태! 물러나라!"

도무탄이 다급히 외쳤으나 막태는 저돌적으로 달려오던 기세 때문에 멈출 수가 없는 상태다.

설혹 멈출 수 있다고 해도 도무탄을 구하기 위해서라면 목숨을 던질 기세다.

도무탄은 일웅이 입가에 잔인한 미소를 지으면서 오른손으로 어깨의 검을 잡으며 막태 쪽으로 빙금 몸을 돌리는 모습을 보면서 안색이 급변했다.

순간 도무탄은 길게 생각할 것 없이 발로 힘껏 땅을 박차며 일웅에게 돌진했다.

퍽!

"어?"

뒤돌아서면서 검을 뽑아 막태의 목을 베려던 일웅은 도무탄의 머리에 등허리를 받히고 몸이 약간 휘청거렸다.

무림고수인 그는 보통 사람인 도무탄의 머리에 받히고서 아무 충격도 받지 않았지만, 지금은 누군가에게 공격을 받고 있는 상황이다. 그 시점에 자세가 무너진다는 것은 치명적일 수밖에 없다.

좌악!

"크악!"

그 순간 돌진해 오던 막태가 북방도로 일웅의 가슴을 좌에서 우로 비스듬히 쪼개 버렸다.

일웅은 설마 조금 전까지 마차 안에서 정사를 벌이다가 끌려 나온 놈이 뒤에서 머리로 들이받을 줄은 꿈에도 예상하지 못했었다.

그것은 천상옥화나 이웅도 마찬가지여서 미처 도무탄을 제지하지 못했다.

만약 도무탄이 일웅을 들이받지 않았다면 죽는 사람은 당연히 막태가 됐을 것이다.

"이놈들이?"

이웅이 움찔하면서 막태를 향해 검을 뽑으려고 할 때 이번에는 녹상이 번쩍 신형을 날려 이웅에게 쏘아 가면서 품속에서 항상 지니고 다니는 단검을 뽑았다.

일대일로 싸운다면 녹상이 이웅보다는 한 수 위 고수다. 화산이웅 두 명이 한꺼번에 덤벼야지만 그녀와 팽팽한 대결을 펼칠 수 있을 것이다.

팍!

"크윽!"

이웅을 스쳐 지나면서 오른손의 단검으로 그의 목을 길게 벤 녹상은 허공에서 빙글 한 바퀴 재주를 넘으면서 방향을 바꾸고는 그대로 천상옥화에게 내려꽂혀 기세를 몰아 공격해 갔다.

쉬이익!

이웅은 목이 깊숙이 절반쯤 잘라져서 덜컥 젖혀지더니 피가 확 뿜어지며 몸이 기우뚱 뒤로 넘어갔다.

"흥!"

불의의 기습을 당했으나 천상옥화는 추호도 동요하지 않고 차갑게 냉소를 치며 어깨의 검을 뽑는 것과 동시에 반격을 해나갔다.

슈파아—

그녀는 화산이웅 두 명이 창졸간에 피를 뿜으며 죽는 것을 보고 깜짝 놀랐지만 재빨리 정신을 수습하고 처음부터 사문의 상승검법 중에 무영무린검(無影舞鱗劍)을 전개했다.

무림오가 중 한 축(軸)인 무영검가는 세 가지 절기를 보유하고 있으며 그것을 무영삼검(無影三劍)이라 하고 무영무린검은 그중 하나다.

녹상은 부친에게 전수받은 비류검(飛流劍)과 경공술, 보법, 이 세 가지 수법만으로 지금껏 강호를 누벼왔다.

그녀는 코흘리개 시절부터 비류검 하나만을 죽어라고 연

마했었기 때문에 이미 완성의 경지에 도달해 있다.

그러나 무영무린검이 워낙 훌륭한 검법이라서 천상옥화의 성취가 칠 성(成)밖에 미치지 못했지만 녹상을 압도하고도 남음이 있다.

차차창!

역시 녹상의 공격이 천상옥화에게 차단되었다.

"윽……."

더구나 녹상은 단검을 통해서 전해지는 거센 충격으로 오른팔과 어깨가 뻐근한 것을 느꼈다. 그 정도로 천상옥화의 공력이 고강하기 때문이다.

비류검은 이름 그대로 검이 허공을 가르면서 흐르는 듯한 공격이다.

비류검을 전개할 경우 검을 적의 왼쪽 어깨를 향해 세로로 똑바로 내려치면 오른쪽 어깨가 잘라진다.

검이 빠른 속도로 내려쳐지는 불과 삼사 척의 짧은 거리에 좌에서 우로 흐르기 때문인데 상대는 그것을 거의 의식하지 못하고 왼쪽 어깨만 방어한다.

허리를 겨냥하고 찌르면 목이 관통되고, 목을 자르려고 휘두르면 허리가 동강난다.

그러니까 적의 입장에서는 전혀 다른 방향을 방어하다가 속절없이 당하고 마는 것이다.

그런데 먼저 선기를 잡아 공격한 녹상의 비류검을 천상옥화가 간단하게 막아냈다.

천상옥화가 그럴 수 있었던 이유는 간단하다. 눈이 매우 빨라서 비류검의 움직임을 정확하게 간파했기 때문이다.

녹상의 비류검이 처음에는 정수리를 향해 그어오다가 도중에 검첨이 흐르면서 최종적으로 가슴을 베어오는 것을 간파해 버린 것이다. 결론적으로 말하자면 천상옥화가 녹상보다 한 수 위의 고수다.

더구나 천상옥화가 전개한 무영무린검에는 세 개의 변화가 실려 있는데, 그중 일변(一變)이 녹상의 비류검을 물리쳤으며, 나머지 이변(二變)이 녹상의 목과 왼쪽 가슴을 노리고 번뜩이는 은빛 비늘, 즉 검린(劍鱗)으로 화해 쏘아 갔다.

쌔액!

녹상은 자신의 회심의 일검을 천상옥화가 이처럼 간단하게 와해시킬 줄은 예상하지 못했기에 움찔 놀랐다.

놀라운 경공술을 지니고 있는 그녀지만 지금은 몸이 허공에 떠 있는 상태고 상대와 너무 가까워서 어떻게 할 수가 없다는 판단에 임기응변으로 수중의 단검을 천상옥화를 향해 힘껏 던졌다.

패액!

천상옥화는 공격을 계속 이어갈 경우에는 쏘아오는 단검

에 얼굴을 다치게 될 상황이라서 재빨리 허리를 비틀어 단검이 왼쪽 어깨 위로 아슬아슬하게 스쳐가게 했다.

그러면서도 본래 공격하던 움직임의 끝자락을 살려내서 검첨으로 녹상의 옆구리를 그었다.

파아—

"악!"

녹상은 왼쪽 옆구리에서 피를 뿜으면서 추락하여 공교롭게도 도무탄 옆에 떨어졌다.

"상아!"

도무탄은 급히 녹상을 부둥켜안았다.

"으으……."

도무탄이 상처를 보려고 하자 녹상은 자세를 똑바로 해서 앉으며 그의 손을 뿌리치고 천상옥화를 쏘아보았다. 공격을 하려고 했으나 옆구리를 베인 터라서 도무지 힘이 모아지지 않았다.

척!

천상옥화는 피가 방울방울 흐르는 검을 뻗어 검첨으로 녹상의 목을 찌를 듯이 겨누고 차가운 눈빛으로 굽어보았다.

"화산이웅을 간단하게 죽이다니 제법이로구나."

보는 눈이 날카로운 그녀는 일웅을 죽인 도무탄과 막태의 합작은 소가 뒷걸음질 치다가 쥐를 밟은 것처럼 별것 아니라고 간파했다.

그러나 이웅을 간단하게 죽인 여세를 몰아서 자신까지 공격한 녹상의 실력은 일류라고 판단했다.

"보아하니 너희는 천신권의 권혼 때문에 모여든 무림군웅은 아닌 것 같은데, 도대체 누구냐?"

사실 천상옥화는 권혼을 좇아서 태원성에 오기는 했지만 기필코 권혼을 차지하고 말겠다는 식의 비장함 같은 것은 갖고 있지 않다. 무영검가의 검법이 천하제일이라고 자부하고 있기 때문이다.

다만 좋은 기회가 닿으면 권혼을 손에 넣어도 괜찮다는 부친의 명령이 있었고, 또한 권혼이 있는 곳에는 무림고수들이 많이 모여드니까 재미있는 일들이 벌어질 것이라는 기대감 때문에 그냥저냥 흘러온 것이다.

그녀는 상처를 입고 자신의 앞에 나란히 앉아 있는 일남일녀가 권혼하고는 관계가 없을 것이라고 생각했다. 마차 안에서 정사 따위나 하는 남녀가 권혼을 차지하려고 왔을 리가 없다는 생각이다.

설마 녹상의 부친이 소림사에서 권혼을 훔친 녹향이고, 도무탄의 오른팔에 권혼이 스며들어 있을 것이라고는 꿈에서도 상상하지 못했다.

"알 것 없다."

녹상은 눈을 세모꼴로 만들어 죽일 듯이 천상옥화를 쏘아보며 차갑게 내뱉었다.

이런 위기의 상황에서도 녹상의 굽힐 줄 모르는 성격은 죽을지 살지도 모른 채 유감없이 발휘되고 있다.

천상옥화는 차갑게 코웃음 쳤다.

"하기야, 짐승처럼 마차 안에서 그런 음탕한 짓이나 하는 연놈이 누군지 따위는 나도 궁금하지 않으니 그냥 죽여 버리면 그만이다."

"그게 음탕한 짓이냐?"

그런데 뜻밖에 도무탄이 천상옥화를 똑바로 주시하며 불쑥 물었다.

천상옥화는 어이없다는 표정을 지었다.

"그럼 그게 성스러운 행위라도 된다는 말이냐?"

"그렇고말고."

천상옥화는 살짝 아미를 찌푸렸다.

"음탕한 놈이 궤변을 늘어놓는구나."

"어째서 그게 궤변이죠?"

그때 마차에서 소진이 내려오면서 천상옥화를 쏘아보며 또랑또랑하게 말했다.

천상옥화는 평범한 옷차림이지만 앙상한 모습의 소진을 보고는 기가 막힌다는 표정을 지었다. 이제는 저런 하찮은 것까지 나서서 자신을 가르치려 드는 것 같아서 어이가 없기 때문이다.

그러나 소진은 아랑곳하지 않고 도무탄의 오른쪽에 서서 천상옥화를 주시하며 따지듯이 말했다.

"남자와 여자가 정사를 하는 것은 지극히 자연스럽고도 당연한 행위에요. 세상의 모든 암컷과 수컷이 교미를 하여 종족을 번성하는 것이 자연의 섭리인데 당신은 어째서 그게 음탕하다는 것이죠?"

소진은 자기 이름이나 겨우 쓸 줄 아는 정도의 무식한 수준이지만 산골에 살면서 어렸을 때부터 모친으로부터 세상의 이치나 인간의 도리, 자연의 섭리 등에 대해서 두루 배웠었다. 그래서 그녀는 배움은 짧지만 제대로 된 인간이라고 할 수 있다.

천상옥화는 말문이 막혔다. 그녀는 자신이 보잘것없는 어린 소녀에게 훈계를 듣고 있는 게 수치스러웠으며, 더구나 그 어린 소녀의 말이 한마디도 틀리지 않아서 추호도 반박할 여지가 없다는 사실이 더욱 불쾌했다.

소진은 꾸짖기를 멈추지 않았다.

"당신 부모님도 당신이 말하는 음탕한 짓을 하여 임신을 해서 당신을 낳았어요. 그런 음탕한 짓이 아니었다면 당신이 어떻게 세상에 나왔겠어요?"

"그건……."

천상옥화는 입이 열 개라도 반박할 말이 생각나지 않았다. 소진의 말이 구구절절이 옳았기 때문이다.

남녀의 정사를 무조건 음탕한 짓이라고 매도해 버리면 과연 그녀는 어떻게 태어났다는 말인가. 그렇다면 결국 그녀의 부모도 음탕한 연놈이고, 결과적으로 그녀는 부모를 욕한 꼴이 돼버렸다.

도무탄과 녹상은 통쾌함이 극에 달해서 자신들의 처지도 잊고 손뼉을 치면서 박장대소했다.

"으하하하하! 우리 진아만도 못한 년이 감히 누굴 꾸짖는 것이냐? 정말 뻔뻔하구나!"

"아하하하하! 네년 어미와 아비도 음탕한 연놈이로구나! 네년 부모는 어떻게 그짓을 하는지 한번 보고 싶구나! 깔깔깔! 아… 아야… 제기랄… 더럽게 아프구나……."

녹상은 웃다가 방금 전에 베인 옆구리를 움켜잡으면서 얼굴을 찌푸렸다.

모욕을 느낀 천상옥화는 창백한 얼굴과 크고 서늘한 두 눈에 차가움을 가득 담고 새빨간 입술을 잘근잘근 깨물면서 두 사람을 쏘아보았다.

분노하고 있는 천상옥화의 자태는 마치 세상에서 가장 아름다운 꽃 한 송이가 후드득 몸을 떨면서 수북한 눈을 털어내는 것처럼 지독하게 아름다웠다.

슥—

"너희의 조롱에 대해서는 잘 들었다. 흥! 그러나 너희는 자신들이 처해 있는 상황을 잊고 있는 것 같구나."

그녀는 검첨을 녹상의 목에서 도무탄의 목으로 옮기며 싸늘하게 말했다.

도무탄과 소진의 말이 백 번 옳고 또 부끄럽기도 하지만 천상옥화는 막무가내로 밀고 나가기로 작정했다.

즉, 아무리 너희가 잘났다고 떠들어도 결국 칼자루는 내가 잡고 있다는 것이다.

도무탄이 경멸의 미소를 지으며 이죽거렸다.

"말로 안 되니까 힘으로 하겠다는 것이냐? 하긴 너 같은 삼류문파 출신이 별수 있겠느냐?"

슥—

"말을 삼가라! 나는 무영검가의 소가주 천상옥화 독고지연(獨孤芝蓮)이다."

천상옥화가 검첨으로 도무탄의 목을 슬쩍 찌르면서 냉랭하게 말하자 도무탄과 녹상의 얼굴이 흠칫 변했다.

녹상은 천하이미 중 한 명인 천상옥화 독고지연에 대해서 당연히 알고 있으며, 무림에 대해서 잘 모르는 도무탄이라고 해도 천하이미가 워낙 유명하기 때문에 그 정도 명성은 익히

들어서 알고 있었다.

도무탄이 방금 삼류문파 운운한 것은 격장지계(激將之計)를 써서 천상옥화를 울컥하게 만들려는 의도였는데 제대로 먹혀든 것 같다.

그렇게 함으로써 두 가지를 얻어냈다. 첫째는 그녀의 신분을 알아낸 것이고, 둘째는 그녀를 더욱 화나게 만들었다는 것이다. 사람은 화가 나면 날수록 분별력이 떨어지고 실수를 하게 마련이다.

도무탄은 아까 마차 안에서 소진이 녹상을 치료하는 동안에 권혼심결을 운공조식했었는데 그 덕분에 지금 오른팔에 한 번 사용할 수 있는 가공한 힘이 실려 있는 상태다.

오른 주먹과 팔이 움찔거리고 또 스멀거리는 것은 가공한 힘이 터질 듯이 팽팽하게 실려 있다는 증거다.

이제 천상옥화가 결정적인 실수만 해준다면 도무탄은 기회를 놓치지 않고 오른 주먹을 휘둘러 단숨에 위기에서 벗어날 생각이다.

그리고 오늘 이 자리에서 무사히 살아난다면 언젠가는 그녀에게 반드시 복수를 하고 싶은 마음이다.

하지만 설마 그녀가 그 정도로 굉장한 신분일 줄은 예상하지 못했었기에 적잖이 놀랐다. 또한 예쁘다는 생각은 들었는데 천하이미 중 한 명인 천상옥화일 줄이야 미처 예상하지 못했었다.

그렇다고는 해도 천상옥화와 그녀의 가문인 무영검가에 대해서 녹상만큼 잘 알지는 못하기 때문에, 그리고 도무탄의 밟히면 밟힐수록 거칠어지는 성격 때문에 이대로 견딜 수가 없었다.

"독고지연이라고 했느냐? 너는 아무 잘못도 없는 우리를 지금 당장 깨끗이 죽여야만 할 것이다. 만약 손속에 한 치의 실수라도 있어서 나 도무탄의 목숨을 한 가닥이라도 붙여놓는 경우에는 언젠가는 기필코 네년을 찾아가서 가랑이를 벌리고 네년이 그토록 경멸하는 음탕한 짓거리를 실컷 해주고 말리라!"

"이놈! 닥쳐라!"

검첨이 목을 약간 찔러서 피가 줄줄 흐르는데도 도무탄이 눈 하나 까딱하지 않고 경멸하는 듯한 표정으로 눈을 부릅뜨고 꾸짖자 천상옥화 독고지연은 분노하여 그의 목을 단칼에 자르기 위해서 검을 오른쪽 옆으로 가져갔다.

슥—

도무탄은 바로 그 순간이 기회라고 판단하여 몸을 솟구치려고 했다.

그런데 그때 독고지연 뒤쪽에서 이제나 저제나 기회를 노리고 있던 막패가 벼락같이 그녀의 등을 공격하면서 버럭 노성을 질렀다.

"죽어라, 이년!"

막패는 자신이 독고지연의 상대가 되지 못한다는 것을 알고 있으면서도 일부러 요란하게 고함을 지르면서 공격을 하여 그녀의 이목을 흐트러뜨리려는 의도다. 그사이에 녹상과 도무탄에게 공격할 기회를 주기 위해서다.

막패의 존재에 대해서 잊고 있었던 독고지연은 흠칫했으나 슬쩍 뒤돌아보면서 상체를 약간 비틀어 오른손의 검을 뒤로 번뜩 휘둘렀다.

그녀는 막패를 죽이고서도 충분히 녹상과 도무탄을 상대할 수 있다고 자신했다.

쉬익!

바로 그 순간 도무탄과 녹상이 동시에 독고지연을 향해 땅을 박차며 몸을 날려 덮쳐갔다.

동시에 공격하자고 말을 하지도 눈빛을 교환하지도 않았지만 두 사람의 생각과 행동은 일치했다. 지금 이 순간이 아니면 기회가 없다고 판단한 것이다.

팍!

"흐악!"

눈을 부릅뜨고 덮쳐가는 도무탄은 독고지연의 뒤쪽에서 그녀가 휘두른 검에 막패의 목이 잘라지고 있는 광경을 그녀의 겨드랑이 아래쪽을 통해서 똑똑히 목격하고는 눈이 뒤집혀 버렸다.

녹상은 조금 전에 유일한 무기였던 단검을 독고지연에게 던졌었기 때문에 맨손이라 아래에서 위로 솟구쳐 오르며 그녀의 턱을 향해 주먹을 휘둘러 갔다.

부악!

녹상은 독고지연이 뒤쪽의 막태에게 검을 휘두르고 있는 중이라서 충분히 승산이 있다고 판단했다.

일단 주먹으로 그녀의 턱을 한 대만 갈길 수 있다면 그것으로 승부는 결정 난다.

그다음은 솟구치는 기세를 빌어서 발끝으로 그녀의 복부나 가슴팍을 걷어차고, 그렇게 쓰러뜨리고 나면 숨통을 끊어 버린다는 계획이다.

쉬아악!

"……!"

그런데 녹상은 눈을 크게 떴다. 주먹이 독고지연의 턱에 도달하려면 아직 한 자나 남았는데 벌써 그녀의 검이 되돌아오고 있는 것이다.

독고지연의 검이 자신의 목을 향해 수평으로 그어오는 것을 보면서 녹상은 그녀의 턱을 때리기 전에 자신의 목이 잘린다는 생각에 갑자기 머릿속이 하얗게 됐다.

그녀는 바로 옆에서 독고지연을 향해 솟구치고 있는 도무탄이 무언가를 할 수 있을 것이라는 기대는 일 푼어치도 하지 않았다.

그에게는 뭘 기대할 건더기가 없다. 그러므로 이제 남은 것은 저 차가운 검이 자신의 목을 자를 때 그나마 고통이라도 조금 덜게 해달라고 비는 것뿐이다.

원래 도무탄이 녹상보다는 독고지연에 더 가까운 위치에 있으며 더구나 사력을 다해서 튀어 올랐고 검이 베어오는 방향에 있었다.

녹상은 독고지연의 검이 자신의 목에 도달하기 전에 느닷없이 도무탄이 아래에서 위로 불쑥 솟구치면서 주먹으로 검을 향해 부딪쳐 가는 것을 발견하고는 그가 최후의 발악을 하고 있구나 하는 생각이 순간적으로 들었다.

그러지 않고서야 그어오는 검을 향해서 맨주먹을 날리지 못할 것이기 때문이다.

쩌껑!

그런데 도무탄의 오른 주먹이 맹렬하게 휘둘러 오는 검을 절반으로 부러뜨리는 것과 동시에 독고지연의 가슴 한가운데에 작렬했다.

"아악!"

독고지연은 처절한 비명을 지르면서 입에서 핏물을 화살

처럼 뿜으며 허공으로 쏘아낸 화살처럼 빠르게 날아갔다.

"으으……."

도무탄은 주먹을 뻗은 상태에서 눈을 부릅뜨고 턱을 덜덜 떨면서 짐승 울음소리 같은 분노의 신음을 토했다.

순간 그는 머리와 몸뚱이가 분리되어 쓰러져 있는 막태에게 구르듯이 달려가면서 외쳤다.

"막태야!"

도무탄의 주먹을 가슴 한복판에 적중당한 독고지연은 관도에서 무려 십오륙 장이나 날아가 강가 자갈밭에 모질게 내동댕이쳐졌다.

콰자자작!

그녀는 자갈밭에 쓰러져 마치 작대기에 한 대 얻어맞은 개구리처럼 몸을 바르르 떨었다.

"끄으으……."

숨을 쉴 수가 없으며 눈앞이 하얘졌다. 태어나서 이토록 지독한 고통은 처음이다.

정말 죽을 것 같은 고통이다. 아니, 어쩌면 이미 죽었을지도 모른다는 생각마저 들었다.

그런 극심한 고통을 느끼는 와중에도 무공의 '무' 자도 모르는 줄 알았던 도무탄의 주먹에 단 한 대 맞아서 이 지경이 됐다는 사실이 믿어지지 않았다.

"…나 도무탄의 목숨을 한 가닥이라도 붙여놓는 경우에는 언젠가는 기필코 네년을 찾아가서 가랑이를 벌리고 네년이 그토록 경멸하는 음탕한 짓거리를 실컷 해주고 말리라!"

그리고 그의 저주와도 같은 울부짖음이 귓전에서 쟁쟁거리며 맴돌았다.

"흐아—"

그 순간 독고지연은 꽉 막혔던 가슴이 갑자기 뻥 뚫리며 한껏 숨을 들이켰다.

"으으으……."

그러나 숨을 쉬는 단순한 동작에도 가슴을 중심으로 온몸이 갈가리 찢어지는 듯한 격렬한 통증이 엄습했다.

모르긴 해도 갈비뼈가 모조리 박살 나고 장기와 내장들이 심하게 손상된 것 같았다. 그것이 주먹 단 한 방을 맞은 결과라는 게 믿어지지 않았다.

그 순간 그녀는 한 번 더 도무탄에게 걸리면 결코 살아날 수 없다는 사실을 깨닫고 안간힘을 쓰면서 두 다리를 부들부들 떨며 일어섰다.

"막태야!"

그때 저 멀리 어디선가 울분을 터뜨리는 듯한 도무탄의 외침이 들렸다.

독고지연은 목이 잘라진 수하의 주검을 본 도무탄이 울부짖는 것이라고 생각하여 외침이 들려온 곳의 반대 방향으로 본능적으로 비틀거리면서 걸어갔다.

아니, 처음에는 겨우겨우 걸었는데 서너 걸음을 걷다가 보니까 어느새 달리고 있었다.

도무탄에 대한 공포와 살아야 한다는 절박함 때문에 고통마저 느껴지지 않았다.

참담한 심정으로 막태를 부둥켜안고 있던 도무탄은 독고지연이 생각나서 이를 갈면서 벌떡 일어섰다.

"내 이년을……."

그는 저만치 꽁꽁 언 강 위를 죽어라고 달아나고 있는 독고지연을 발견했다.

하지만 그가 따라가려고 했을 때 그녀는 이미 강을 다 건너고 있으며 경공술을 전개하는지 속도가 점점 빨라지기 시작했다.

그렇기 때문에 지금 도무탄이 뒤쫓는다고 해도 그녀를 잡는 것은 불가능했다.

도무탄은 녹상에게 도움을 청하려고 급히 두리번거리다가

흠칫했다.

녹상이 마차 옆 땅에 주저앉아서 옆구리를 움켜잡은 채 괴로워하고 있었다.

"상아!"

"끙… 나 상관하지 말고 그넌 잡아서 죽여… 어서……."

검에 옆구리를 베인 그녀는 다 죽어가는 얼굴을 하고서도 독고지연을 죽이라고 성화를 부렸다.

그녀는 도무탄이 무슨 수로 독고지연을 한 방에 날려 보냈는지에 대해서는 궁금하지 않았다. 다만 어떻게 해서라도 그녀를 죽이고 싶을 뿐이다.

"으으… 빌어먹을… 아파서 죽겠네……."

녹상은 오만상을 쓰다가 옆으로 풀썩 쓰러졌다.

그때 난촌마을 쪽에서 마을 사람들이 떼 지어서 이쪽으로 우르르 달려오고 있었다.

第九章

칼을 갈다

등룡기

녹향을 추격하고 있는 소림사 십팔복호호법의 수석(首席)은 이대제자 지공(智空)이다.

십팔복호호법 십팔 명은 여섯 명씩 세 개의 분(分)으로, 그리고 하나의 분은 세 명씩 두 개의 조(組)로 나누어서 행동을 하고 있다.

이틀에 걸쳐서 태원성을 샅샅이 뒤졌는데도 추격하고 있던 녹향의 어떠한 흔적도 발견하지 못한 십팔복호호법 세 명의 분장승(分長僧)이 모였다.

"사제들, 이제 어떻게 했으면 좋겠는가?"

분장승 중에 한 명이며 대사형인 지공이 두 명의 사제를 보며 물었다.

"대사형, 녹향의 흔적이 태원성에서 갑자기 감쪽같이 사라지다니 뭔가 이상합니다."

지공의 바로 아래 사제이며 십팔복호호법의 차석(次席)인 현공(玄空)이 고개를 갸웃거리며 말했다.

"삼 년 넘도록 녹향을 추격했지만 지금까지 이런 경우는 한 번도 없었습니다."

십팔복호호법은 소림사 장경각(藏經閣)을 수호하던 승려로서 장경각에 보관 중이던 권혼이 도난을 당한 바로 그날부터 녹향을 추격하기 시작했었다.

추적에 대해서는 빈틈이 없는 그들이다. 그런데다 지난 삼 년 반 동안 녹향을 추격하면서 그의 습성이나 성격, 생활방식, 심지어는 식성까지도 완벽하게 파악을 했다.

그리고 어떨 때에는 다 잡았다가 놓친 경우도 있었고 또 어떤 상황에서는 녹향인 줄만 알고 추격해서 겨우 잡았는데 전혀 다른 사람이었던 경우도 있었다.

그러나 아무리 그렇다고 해도 녹향의 흔적은 남아 있었다. 녹향이 죽었다면 모를까 살아 있다면 흔적이 반드시 남아 있어야만 한다.

그런데 지금은 녹향의 모든 흔적이 태원성에서 감쪽같이

그리고 깡그리 사라져 버린 것이다.

지금까지 이런 일은 결단코 없었다. 그것은 녹향이 죽었다는 것을 의미한다.

"가능성은 적지만 녹향이 죽었을 수도 있네."

지공이 진중하게 말했다.

십팔복호호법은 지난 삼 년 반 동안 약 십여 차례 녹향을 제대로 궁지에 몰아넣어 거의 제압 직전까지 갔었던 적이 있었으며, 그 가운데 세 번은 그에게 심각한 중상까지 입혔었다.

"마지막으로 그를 봤을 때 우리 중에 두 명이 그의 등과 둔부에 일장과 일검을 적중시켰었지만 죽을 정도의 치명상은 아니었습니다."

차석 바로 아래 배분인 셋째 정공(靜空)이 차분하게 분석하듯이 말했다.

"만약 그가 죽었다면 태원성에 몰려든 무림군웅 중 누군가에게 당했다는 뜻입니다."

십팔복호호법은 자신들의 뒤를 악착같이 쫓고 있는 무림군웅이 귀찮아서 죽을 지경이지만 그들을 강제로 해산할 권한은 없다.

"정공 사제, 녹향은 그리 쉽게 죽을 인물이 아니야."

크고 다부진 체구의 현공이 자르듯이 말했다.

"아니야. 어떠한 가능성이라도 배제할 수 없다."

영준한 용모의 지공이 차분한 표정으로 입을 열었다.

"지금까지 이런 적은 한 번도 없었다. 이것은 두 가지 경우에만 가능하다. 녹향이 죽었거나 아니면 일부러 흔적을 지운 것이다."

"도주하기 바쁜 녹향이 왜 하필 태원성에서 흔적을 지운 것입니까?"

"어쩌면 조력자를 얻었을지도 모릅니다."

"조력자?"

총명한 정공의 추리에 현공은 머리를 한 대 얻어맞은 듯한 표정을 지었다.

"그렇군. 그럴 가능성도 있어."

현공은 주먹으로 손바닥을 치며 흥분했다.

지공은 그의 말이 맞다는 듯 고개를 끄떡였다.

"그렇다면 두 가지로 추측할 수 있겠군. 녹향이 무림군웅 누군가에게 죽음을 당하고 권혼을 뺏겼을 가능성과 이곳 태원성에서 누군가 조력자를 얻어 자신의 흔적을 깨끗이 지우고 잠적했을 가능성이다."

"그렇습니다, 대사형."

"현공 사제."

"말씀하십시오, 대사형."

"사제는 개방 태원분타를 찾아가서 협조를 구하게. 어떤 무림고수들이 태원성에 들어왔으며 그중에 누가 떠났는지를 알아보게. 녹향이 죽었다면 아마도 태원성을 떠난 사람이 흉수일 거야."

"알겠습니다."

"정공 사제."

정공은 눈을 반짝거리며 지공이 할 말을 대신 했다.

"소제는 태원성의 하오문들을 돌아보면서 녹향을 도울 만한 조력자가 누가 있는지 알아보겠습니다."

"부탁하네."

*　　*　　*

도무탄은 막태의 죽음, 그리고 천상옥화 독고지연에게 당한 모멸로 인해서 자신에게 무공이라는 것이 얼마나 필요한지에 대해서 더욱 뼈저리게 느꼈다.

난촌에는 삼십여 개의 아담한 장원이 분수 강변에 옹기종기 모여 있는데 도무탄은 그중 한 곳 서림장(瑞林莊)에 거처를 정했다.

난촌의 촌장(村長)은 해룡방에서 중책을 맡고 있는 장도명(張導明)의 부친 장자익(張慈益)이라는 노인이다.

난촌에는 해룡방과 깊은 관계가 있는 평범한 사람들이 살고 있으며, 무공이나 무술을 할 줄 아는 사람은 없지만 누구를 감춰주기로 마음을 먹으면 철옹성(鐵甕城)이나 다름이 없는 곳이다.

난촌에 하나뿐인 의원이 도무탄과 녹상을 치료하기 위해서 서림장으로 왔다.

도무탄의 목의 상처는 가벼웠으나 녹상의 옆구리에 베인 상처는 깊었다.

녹상의 상처는 다행히 내장을 다치지는 않았으나 두 치 이상 깊이로 반 뼘이나 베어서 보름 이상 치료를 받아야 할 상태다.

그런데 녹상은 죽으면 죽었지 의원에게 치료를 받지 않겠다고 버텼다.

"도대체 왜 그러는데?"

"남자잖아!"

녹상은 서슬이 퍼래서 날카롭게 외치는데 이유는 의외로 간단명료했다.

"낯선 남자가 내 몸을 마음대로 만지도록 내버려 두라는 말이야?"

"그건……."

도무탄은 나는 너의 젖가슴을 빨고 입맞춤도 했으며 그리고 그보다 더 심한 육체적인 접촉도 했었잖느냐고 말하려다가 분위기가 심상치 않아서 그만두었다.

도무탄이 뭐라고 하기도 전에 녹상이 의원에게 요구했다.

"당신은 내 진맥을 해서 약을 지어주기만 하고 치료는 진아가 해줘."

"진아는 자기 어머니를 보러 갔다."

난촌에 도착한 후에 소진은 태원성으로 들어가는 마을 사람들을 따라서 모친을 보러 갔다. 모친을 오랫동안 보지 못했기 때문에 매일 그리워하는 것을 잘 알고 있기에 도무탄이 보낸 것이다.

"그럼 오빠가 해줘."

상처를 치료하고 목에 흰 천을 둘둘 감은 도무탄은 앞에 있는 의원과 자신을 번갈아 가리켰다.

"이 사람이 치료하면 안 되고 나는 된다는 것이냐?"

"그래."

"어째서 그런 거냐?"

"그건……."

녹상은 침상에 꼿꼿하게 앉아서 눈을 내리깔고 대답하지 못하며 머뭇거렸다.

달리 할 일이 많은 도무탄은 녹상이 괜한 고집을 부린다는 생각에 벌떡 일어나서 문으로 걸어갔다.

"네 마음대로 해라."

"오빠 나가면 이 작자 죽여 버린다?"

그런데 녹상이 바락 소리를 질러서 도무탄이 돌아보니 그녀가 어느새 단검을 꺼내 의원의 목에 겨누고 있었다.

"아아… 저는 그만 가보겠습니다."

의원은 사색이 되어 벌벌 기듯이 방을 나가 버렸다.

"너 도대체……."

"빨리 치료해 줘. 아파서 죽겠어."

"나도 남자잖아."

도무탄이 침상으로 다가와서 이해할 수 없다는 듯 두 팔을 벌리며 말하자 앉아 있던 녹상은 갑자기 옆으로 픽 쓰러지면서 죽는 시늉을 했다.

"아……."

"상아!"

도무탄은 크게 놀라 급히 그녀에게 다가가 조심스럽게 상의를 들어 올리고 옆구리 상처를 살폈다.

그녀가 아까 검에 베이자마자 지혈을 하긴 했으나 시간이 꽤 지났으며 또 자꾸 움직이는 바람에 지혈이 풀려서 다시 피가 흘렀다.

"안 되겠다. 의원을 불러서 지혈을 해야겠다."

"내가 혈도 가르쳐 준 거 기억해?"

도무탄이 급히 밖으로 나가려고 하자 새우처럼 옆으로 웅크리고 누운 녹상이 그를 힐끗 보면서 물었다.

"그래."

"정말 다 기억하는 거야?"

"기억하고 있으니까 이제부터 내가 어떻게 하면 될지 말해 봐라."

"그럼 유근혈(乳根穴), 불용혈(不容穴), 관문혈(關門穴), 기충혈(氣衝穴)을 차례로 점혈해."

도무탄은 녹상이 딱 한 번 설명한 백여 개의 혈도 중에서 네 개의 혈도를 기억해 내고 유근혈에 조심스럽게 손가락을 갖다 댔다.

"거기에서 위로 반 푼."

그는 젖 가리개를 하지 않은 그녀의 풍만한 젖가슴을 슬며시 들추고 안쪽을 눌렀다.

"여기?"

"그래. 거길 찌르듯이 단번에 눌러."

쿡…….

"음……."

녹상이 얼굴을 찌푸리면서 무거운 신음을 토해내기에 도무탄은 자신이 손가락으로 누르고 있는 부위를 자세히 봤더니 젖가슴 바로 아래다. 유근혈의 '유근'은 젖의 뿌리를 가리키는 것이다.

"다음은 불용혈. 유근혈에서……."

"여기지?"

"그래……."

도무탄은 녹상의 도움을 받아 네 군데 혈도를 무사히 눌러서 지혈을 했다.

이어서 깨끗한 헝겊을 물에 적셔서 상처와 주위를 닦아낸 다음 의원이 두고 간 금창약을 골고루 발랐다.

"음……."

매우 아플 텐데도 녹상은 이따금 미약한 신음 소리를 낼 뿐 잘 참았다.

"우선은 상처가 잘 붙어야 하니까 되도록 움직이지 않도록 해라."

주의를 주고 나서 문득 녹상에게 등과 둔부에 상처가 더 있다는 사실을 깨달았다.

"다른 상처도 봐줄까?"

녹상이 대답하지 않고 가만히 있는 것을 보고 도무탄은 그녀를 똑바로 엎드리게 하고는 상의를 걷어 올렸다.

치료를 하는 동안 그녀는 얌전한 고양이처럼 가만히 있었다.

둔부의 검상을 치료할 때도 죽은 듯이 가만히 있어서 도무탄은 그녀가 자는 줄 알았다.

"궁금한 게 있어."

그런데 그가 둔부의 아래쪽에 금창약을 바르고 있을 때 그녀가 조용한 목소리로 중얼거렸다.

그래서 도무탄은 자신이 한주먹으로 천상옥화 독고지연을 날려 버린 것에 대해서 녹상이 물을 것이라고 짐작했다.

"말해봐라."

"아까… 마차에서……."

도무탄은 약을 다 바르고 나서 상처에 깨끗한 헝겊을 대고 그 위에 길게 찢은 천을 허벅지 안쪽으로 해서 칭칭 묶기 시작했다.

"어째서 음경이 그렇게 커졌던 거지?"

"……."

전혀 뜻하지 않은 물음에 도무탄은 어이가 없어서 손이 뚝 멈추었다.

"보통 음경은 그런 상황에서 쪼그라들어 있어야 하는 거 아닌가?"

과연 녹상이다. 궁금한 게 있으면 그게 어떤 것이라고 해도 기필코 알아내야만 한다.

그러나 그런 물음에 대해서 부끄러워하거나 회피할 도무탄이 아니다.

"나는 건강한 젊은 남자고 정사를 한 달 넘게 하지 않았기 때문에 자연히 그렇게 된 것이다."

"낯선 놈이 보고 있는데도 그게 가능해?"

"그게 무슨 상관이냐? 너는 누가 본다고 해서 배고픈데도 밥이 안 넘어가더냐?"

"식욕하고 성욕이 같아?"

"같다."

거기에 대해서 녹상은 대답할 말이 없다. 성욕을 느껴본 적이 없기 때문이다.

도무탄은 천을 다 묶고 나서 손바닥으로 녹상의 둔부를 소리 나게 때렸다.

철썩!

"너 숫처녀로구나?"

"아야……."

"옷 입어라."

도무탄이 벌떡 일어나 문으로 걸어가는데 녹상은 바지를 추키면서 일어나 앉아 나직이 중얼거렸다.

"막태 아니었으면 우리 둘 다 그년한테 죽었을 거야."

도무탄은 걸음을 뚝 멈추었다.

"막태 말이야. 장사 잘 치러줘. 가족이 있으면 후하게 사례해 주고……."

도무탄은 가타부타 대답하지 않고 방을 나갔다.

녹상의 방을 나선 도무탄은 방 밖에서 기다리고 있는 의원을 데리고 옆방인 자신의 방으로 들어갔다.

"지금 내 상태가 어떤지 진맥해 주게."

그는 침상에 반듯하게 누우며 의원에게 말했다. 한 달여 전에 천보궁 자신의 침상에서 괴한들의 검에 찔린 가슴과 복부, 허벅지의 상처를 봐달라는 것이다.

현재 그는 그 상처들이 조금도 아프지 않은데 의원이 어떻게 진맥할지 궁금했다.

의원은 진지하고도 공손하게 도무탄의 손목을 잡고 한동안 지그시 눈을 감았다.

도무탄이 알기로는 이 의원은 해룡방 내상단 어느 간부의 친형이며 의술이 매우 뛰어나다.

"방주께선 매우 건강하십니다."

이윽고 의원은 손을 떼면서 환한 얼굴로 말했다. 그러더니 문득 뭐가 생각난 듯 고개를 갸웃거렸다.

"그런데 이상하군요."

"뭐가 말인가?"

"잠깐 목의 상처 좀 보겠습니다."

의원은 헝겊을 풀더니 도무탄의 목을 보다가 소스라치게

놀랐다.

"허엇?"

"왜 그러나?"

"목의 상처가… 거의 아물었습니다."

"그래?"

도무탄은 보일 듯 말 듯 희미한 미소를 짓고는 의원을 물러가게 했다.

탁!

의원이 나가자 그는 운공조식을 하기 위해서 침상에 가부좌의 자세로 앉았다.

운공조식이라니 어불성설이다. 도대체 그가 언제 운공조식을 정식으로 배웠다는 말인가.

어깨너머로 배운 것도 아니다. 천신권이 남긴 권혼에 새겨진 글귀를 한 번 읽고 외워두었다가 혹시 그게 심법구결인가 싶어서 우연찮게 한 번 해봤을 뿐이다.

그런데 그것이 기적처럼 오른팔에 무지막지한 위력을 불어 넣은 것이다.

단지 그것뿐이지 아직은 그것이 운공조식이라고 단정할 수는 없는 상태다.

그러나 오른팔 속으로 스며든 권혼이나 권혼심결의 운공조식이 상처를 낫게 해준 것만은 분명한 것 같다.

앞으로 보름쯤 더 정양을 해야 낫는다던 가슴과 복부, 허벅지의 상처가 저절로 나았을 리가 만무하다. 연관이 있다면 그 시기에 오른팔 속으로 스며든 권혼과 운공조식을 한 것뿐이었다.

그것 외에는 도무탄의 신변에 벌어진 일이 아무것도 없다. 더구나 아까 독고지연의 검에 찔렸던 가볍지 않은 목의 상처마저도 거의 아물어가고 있다지 않은가. 그러니까 이것은 결코 우연이 아니다.

도무탄이 생각하기에 녹상의 무위는 정말 대단했다. 화산이웅 같은 굉장한 고수를 순식간에 그리고 간단하게 해치워 버리지 않았는가.

하지만 그런 녹상을 어린아이처럼 다룬 천상옥화 독고지연의 무공이야말로 초일류급이라고 할 수 있다.

그런데 결국 그토록 고강한 독고지연을 도무탄이 오른 주먹 한 방으로 가랑잎처럼 날려 보냈으며, 뒤도 돌아보지 않고 도망치게 만들었다.

'천신권…….'

그는 녹상에게 말로만 들었던 삼백여 년 전의 혈살성 천신권이 얼마나 가공했었는지 비로소 그 실체를 조금 엿본 것 같은 기분이 들었다.

삼백여 년 전 무림에 출현하여 단 일 년여 만에 천팔백이십

명하고 싸워서 천팔백이십 승을 거두고 또한 그들 천팔백이십 명을 모조리 죽여서 피의 전설을 썼던 희대의 혈살성 천신권이다.

이후 구대문파로부터 무림추살령이 떨어진 상황에서도 천신권은 무림을 종횡하면서 또다시 구대문파 제자 육백여 명과 무림고수 이천여 명을 주살했었다.

그렇지만 그게 끝이 아니다. 천신권은 마지막 순간에 구대문파 제자 천여 명에게 포위된 상황에서도 최후의 발악을 하면서 팔백여 명이나 죽이고서야 제압을 당해 소림사로 끌려갔다고 한다.

천신권은 무림에 출현한 지 일 년여 만에 천팔백여 명을 죽이고, 무림추살령이 떨어지고 나서 오 년여 동안 천하를 주유하면서 또다시 삼천사백여 명을 더 죽이고서야 천하를 집어삼킨 대혈풍(大血風)이 막을 내렸었다.

육 년여 만에 무려 오천이백여 명이나 주살했으니 아마도 무림사 전체를 통틀어 그런 혈살성은 천신권이 처음이자 마지막이었을 것이다.

'마음에 든다. 권혼, 이제 너는 내 것이다.'

도무탄은 오른팔을 굽어보며 흐뭇한 표정을 지었다. 그는 천신권 같은 혈살성이 되고 싶은 생각은 없지만, 천신권 같은 굉장한 무인이 되고 싶었다.

저녁나절에 온다던 궁효가 한밤중이 돼서야 왔다.

소진은 술과 요리를 준비하고 있다가 서둘러 도무탄의 방 탁자에 차렸다.

소진은 모친을 보고 와서는 기분이 몹시 좋아졌다. 모친의 병이 눈에 띄게 호전됐으며 또한 훌륭한 의원의 치료를 받고 있는 것은 물론이고 아주 편하게 호강하면서 생활하고 있는 것을 확인했기 때문이다.

"갑자기 일이 생겨서 조금 늦었습니다."

궁효는 도무탄의 잔에 공손히 술을 따랐다.

"막태가 죽었다."

도무탄은 침중하게 중얼거리고는 술 한 잔을 단숨에 입속으로 쏟아부었다.

"알고 있습니다."

막태의 죽음 때문에 도무탄이 몹시 우울한 것에 비해서 궁효는 덤덤한 얼굴이다.

"대형께서 무사하시니 천만다행입니다."

혈육처럼 아끼던 산예문 총당주 막태의 죽음은 슬픈 일이지만 하늘처럼 받드는 도무탄을 살리고 대신 죽었으니 실로 장한 일이라고 생각하는 궁효다.

만에 하나 도무탄이 죽었다면 궁효는 스스로 목숨을 끊어야 할 정도로 크나큰 충격과 비탄에 빠졌을 것이다.

"막태의 가족은 누가 있느냐?"

"부인과 어린 아들과 딸 둘, 남동생과 여동생이 각 한 명씩 있습니다."

도무탄은 침중하게 고개를 끄떡였다.

"막태의 장례를 후하게 지내주고 가족들에겐 충분한 보상금을 주어라. 그리고 동생들이 원하면 해룡방에서 일할 수 있도록 해주어라."

"알겠습니다."

도무탄이 막태의 죽음에 대해서 먼저 얘기한 것은 그 일이 무엇보다도 중요하다는 뜻이다.

궁효는 본론을 보고 하기에 앞서 긴장된 표정을 지었다.

"제가 알아낸 바에 의하면 대형의 습격사건을 주도한 것은 방현립이 틀림없습니다."

진권문주인 진권대협 방현립은 별일이 없었으면 몇 달 후에는 도무탄의 장인이 될 뻔했던 인물이다.

하지만 그가 도무탄을 죽이려고 했으니 장인이 될 마음이 없다고 봐야 한다.

도무탄이 방아미를 워낙 예뻐한 탓에 진권문을 물심양면 많이 도와주었었다.

진권문은 도무탄 덕분에 재정적인 몇 번의 고비를 넘고 건

재할 수 있었다.

그랬었는데 결국 방현립은 은혜를 원수로 갚은 것이다. 옛말에 머리 검은 짐승은 거두어 기르지 말라고 했는데 그 말이 결코 틀리지 않았다.

심중으로 방현립을 의심하고 있었던 도무탄은 별로 놀라지 않고 고개를 끄떡였다.

"아미도 개입되었더냐?"

"그렇습니다."

"그리고 또 어떤 자들이 가담했더냐?"

부스럭…….

궁효는 품속에서 종이 한 장을 꺼내 공손히 내밀었다.

"여기에 모두 적어 왔습니다. 양원평과 차주동은 물론이고 방현립의 아들들과 제자가 모두 가담했습니다."

"우리 쪽 사람은?"

"한 명도 없습니다."

우리 쪽이라는 것은 해룡방을 가리키는데 배신자가 한 명도 없다는 사실에 도무탄은 그나마 위안을 받았다.

"대형의 암살사건에 가담한 인물은 전부 진권문에 속한 자뿐입니다."

궁효는 묵묵히 술잔만 기울이고 있는 도무탄을 잠시 지켜보다가 조심스럽게 입을 열었다.

"대형, 어떻게 하시겠습니까?"

도무탄은 술 한 잔을 비우고 빈 잔을 내려놓았다. 궁효가 술잔을 채우고 옆에 앉은 소진이 젓가락으로 안주를 집어서 그의 입에 넣어주었다.

"내 손으로 해결하고 싶다."

도무탄이 우물우물 씹으면서 말하자 궁효의 눈가에 씁쓸한 기색이 흐릿하게 스쳐 지나갔다.

도무탄의 두뇌는 타의 추종을 불허할 정도로 훌륭하지만 무술이나 힘을 쓰는 일에는 젬병이라는 사실을 잘 알고 있는데, 그가 이번 일을 자신의 손으로 해결하고 싶다고 말했기 때문이다.

물론 죽다가 살아났으며 사랑하는 여자에게 배신을 당했으므로 그 원한이 얼마나 깊은지는 짐작할 수 있지만 현실은 절대로 녹록하지가 않은 것이다.

도무탄의 실력으로는 진권문의 일개 무사 한 명도 당해내지 못할 것이다.

뿐만 아니라 도무탄이 보유하고 있는 해룡방이나 하오문 따위를 총동원한다고 해도 진권문의 담벼락 하나도 허물지 못할 터이다.

궁효는 착잡한 표정을 지었다.

"대형……."

"궁효, 그 도끼를 줘봐라."

도무탄이 오른손을 내밀자 궁효는 등에 메고 있는 커다랗고 새카만 도끼를 풀어 조심스럽게 내밀었다.

"무겁습니다."

그의 무기인 도끼는 잔야부(殘野斧)라는 이름이 있으며 무게가 무려 오십 근(30kg)으로 건장한 남자라고 해도 두 손으로 들어 올리는 것이 쉽지 않다.

슥—

그런데 도무탄은 오른손으로 도끼 잔야부를 너무도 가볍게 받아 드는 것이 아닌가.

"대형……."

힘이 장사인 궁효라고 해도 잔야부를 한손으로 잡으면 팔뚝에 힘줄이 불끈거리는데 도무탄은 힘줄은커녕 마치 젓가락을 잡은 것 같은 모습이다.

그렇다는 것은 도무탄의 팔 힘이 궁효보다 훨씬 세다는 뜻인데 말도 되지 않는 일이다.

그런데 그게 끝이 아니다. 바로 그때 궁효가 두 눈을 부릅뜨고 자리에서 벌떡 일어나는 일이 벌어졌다.

붕붕—

도무탄이 오십 근 무게의 도끼 잔야부를 지푸라기 휘두르듯 허공에 이리저리 마음껏 휘두르기 시작한 것이다.

도무탄은 궁효가 오기 전에 권혼심결을 운공조식해 두었기 때문에 오른팔에 힘이 충만한 상태다.

지금 이 순간 그는 한 가지 새로운 사실을 깨달았다. 오른팔의 힘을 밖으로 쏟아내지 않으면 계속 사용할 수 있다는 사실이다.

"대… 대형……."

궁효는 경악으로 물든 얼굴로 엉거주춤 일어선 채 어쩔 줄을 몰랐다.

그는 지금 자신의 눈앞에서 벌어지고 있는 일을 눈으로 보고 있으면서도 도저히 믿을 수가 없었다. 무공의 무자도 모르는 도무탄이 이 순간에는 관운장처럼 보였다.

슥—

이윽고 도무탄은 휘두름을 멈추더니 잔야부를 궁효에게 내미는데 숨소리조차 거칠어지지 않아서 다시 한 번 궁효를 놀라게 만들었다.

"내게 생각이 있다."

궁효는 도무탄이 무슨 생각을 하고 있는지는 잘 모르지만 방금 그가 보여준 괴력으로 미루어 조만간 진권문이 박살 날지도 모른다고 생각했다.

"대형, 아까 소림사 무승 세 명이 본 문에 찾아왔었습니다. 그것 때문에 소제가 좀 늦은 것입니다."

"소림사 무승이?"

궁효가 새로운 얘기를 꺼내자 도무탄은 의아한 표정을 지으면서도 조금 긴장했다.

태원성에 있는 소림사 무승이라면 녹상을 뒤쫓는 추격대가 분명하기 때문이다.

"네, 그들은 태원성에서 가장 영향력 있는 사람이 누구냐고 꼬치꼬치 캐물었습니다."

"그래서?"

"그래서 대형을 비롯하여 몇 사람에 대해서 설명해 주었습니다만… 그들이 왜 그러는 것인지 대형께선 짐작 가시는 바라도 있습니까?"

"음."

소림사 무승들의 목적은 오로지 녹상을 붙잡아서 권혼을 회수하는 것뿐이다.

그러므로 그들이 산예문에 와서 태원성에서 가장 영향력 있는 사람에 대해서 물었다면 필경 녹상을 찾을 수 없게 되니까 다른 무엇인가를 알아내려는 것일 게다.

"저희가 녹상이라는 여자의 흔적을 말끔하게 지우기는 했습니다만… 뭔가 실수를 했는지도 모르겠습니다."

"흔적……."

도무탄은 '흔적'이라는 말에 번쩍 떠오르는 것이 있어 가볍게 고개를 끄떡였다.

"소림사 무승들은 아마도 녹상의 흔적을 찾을 수 없게 되니까 녹상이 태원성에서 영향력 있는 누군가의 도움을 받아서 흔적을 지우고 잠적했을 것이라고 추측한 것 같다."

"아……."

궁효는 탄성을 터뜨렸다. 그의 머리였다면 백날 끙끙거려도 그런 생각을 해내지 못했을 것이다.

"나에 대해서는 뭐라고 말했느냐?"

"세간에 알려진 대로 해룡방의 모든 것을 형수님께 맡기고 훌쩍 천하유람을 떠나셨다고 했습니다."

"음. 잘했다."

도무탄은 고개를 끄떡이고 나서 주의를 주었다.

"앞으로는 방아미를 형수라고 부르지 마라."

"죽일 년이라고 부르겠습니다."

궁효의 목소리에 힘이 들어갔다.

"그리고 소림사 무승들을 잘 감시해라."

"그런데 대형."

궁효가 생각난 듯 조심스럽게 말했다.

"수하의 보고에 의하면 또 다른 소림사 무승 몇 명이 개방 태원분타에 찾아갔다고 합니다."

"개방?"

"네. 그렇지만 왜 찾아갔는지는 모르겠습니다."

소림사 무승들이 산예문에 찾아온 목적하고 같은 것으로 개방에 찾아가지는 않았을 것이다.

도무탄은 만약 자신이 소림사 무승의 우두머리라면 지금이 시점에서 무슨 생각을 할 것이냐에 대해서 곰곰이 생각해 보았다.

하지만 궁효에게 소림사 무승들이 무엇 때문에 개방에 찾아갔는지 알아내라고 지시하지는 않았다.

도무탄이 지금까지 십여 년 동안 태원성에서 잔뼈가 굵으며 사업을 일으키는 동안 제일 상대하기 까다로웠던 상대가 개방 태원분타였다. 그리고 지금까지도 넘지 못한 산이 개방 태원분타다.

第十章

나의 길은 무림(武林)으로 뻗어 있다

자정이 넘어서 궁효가 돌아간 후에 도무탄은 술 마시기를 그만두고 권혼심결에 대해서 연구하기 시작했다.

아홉 살 때 태원성에 홀로 나와서 십여 년 만에 해룡방주 무진장이 되었을 때 그는 그것으로써 자신의 할 일을 다 했다고 생각했었다.

매일 펑펑 돈을 써도 그보다 몇 십 배나 많은 돈을 매일 벌어들이고 있으며, 태원성 최고 부자에 섬서성에서는 모르는 사람이 없을 정도의 대단한 명성과 최고의 미녀를 얻었으므로 앞으로는 부귀영화를 누리면서 편안히 살 것이라고 마음먹었었다.

그러나 이제는 아니다. 한 달여 전에 괴한들의 검에 마구 찔려서 자루에 넣어져 매란교 아래 차디찬 강물로 던져졌었던 그 일이 오히려 도무탄에게는 약이 되었다.

돈이 태산처럼 아무리 많은들, 명성이 제아무리 높다고 한들 그것이 한낱 쇠붙이로 찌르는데 방패가 될 수 없으며, 그렇게 해서 죽어버리면 아무 소용이 없다는 사실을 절실하게 깨달은 것이다.

그래서 그는 살얼음이 살짝 언 매란교 아래 차디찬 강물 바닥에 가라앉아서 온몸이 싸늘하게 얼어붙어 숨이 끊어져 가며 맹세를 했었다.

죽지 않고 살아나기만 한다면 무공을 배워서 반드시 복수를 하겠다고 말이다.

그러다가 우연히 녹상을 만나게 되었으며 그녀에게 삼백여 년 전의 혈살성 천신권의 권혼을 얻어 실로 기적적으로 그것의 주인이 되었다.

그리고 오늘 천하이미 중 한 명이라는 천상옥화를 만나서 하마터면 죽음의 문턱을 넘을 뻔했었고, 또한 갖은 조롱과 멸시를 당하며 울분을 삭여야만 했었다.

하지만 다행히 권혼의 오른 주먹 일권(一拳)으로 초일류고수인 천상옥화를 가랑잎처럼 날려 버리는 쾌거를 거두었고,

그 과정에서 안타깝게도 막태가 죽음을 당했다.

그래서 그에게 바로 오늘이 일생일대의 분수령(分水嶺)이 되고 말았다.

이제는 방현립과 방아미에게 복수를 하는 것만으로는 만족할 수 없게 돼버렸다.

천상옥화를 찾아가서 복수를 해주는 것은 당연한 일이 되었으며 그 이상의 성취를 이루고 싶다는 포부가 생겼다.

그것이 무엇인지는 정확히 모르겠지만 그것을 성취하려면 어디로 가야 하는지는 분명히 알게 되었다.

바로 무림이다. 그는 자신이 무림에서 이름을 드날리고 싶어 한다는 사실을 오늘 천상옥화를 한주먹에 날려 버리면서 분명히 깨달았다.

그렇지만 그는 무공을 배운 적이 없다. 지금부터 배우기 시작한다면 아무리 빨라도 십 년은 걸릴 것인데 그때까지 참고 기다리기에는 그의 인내심이 너무 짧다.

십 년을 기다리지 않고 무림으로 직행하는 방법은 권혼을 온전히 그의 것으로 만드는 것뿐이다.

그러기 위해서는 한 차례 운공조식을 해서 딱 한 번 주먹을 휘두를 수 있는 한계를 기필코 극복해야만 한다.

바로 거기에 그가 무림으로 갈 수 있느냐 못 가느냐의 성패가 달려 있다.

"아……."

소진은 잠에서 깨어나서 눈을 뜨고는 깜짝 놀랐다.

그녀는 침상 한쪽에서 이불을 덮은 채 누워 있는데, 침상 한가운데에 도무탄이 가부좌의 자세로 앉아 있는 넓은 뒷모습을 발견한 것이다.

"오라버니, 설마 밤새 한숨도 안 주무신 거예요?"

그런데 도무탄이 아무 대답이 없자 소진은 더럭 불길한 예감이 들어 조심스럽게 그에게 손을 뻗었다.

"오라버니."

척!

그런데 그때 문이 열리고 녹상이 옆구리를 만지면서 천천히 걸어 들어오다가 그 광경을 발견하고는 목소리를 낮추어 급히 말했다.

"진아, 오빠를 만지면 안 돼."

소진은 깜짝 놀라서 급히 손을 움츠렸다.

침상에 다가온 녹상은 소진을 잡아당겨 도무탄에게서 멀찍이 떼어놓은 다음에 주의를 주었다.

"오빠는 운공조식을 하는 것 같은데 그럴 때 누가 만지거나 놀라게 하면 주화입마(走火入魔)에 들게 돼."

소진은 두려운 표정으로 눈을 깜빡거렸다.

"주화입마가 뭐죠?"

"기혈이 역류하는 것인데 그러면 폐인이 되거나 심할 경우 목숨을 잃게 되는 거야."

소진은 얼굴이 하얘져서 몸을 부르르 떨었다.

"아아……."

그녀는 하마터면 자신이 도무탄을 폐인으로 만들거나 죽일 뻔했다는 사실에 눈물까지 흘리며 어쩔 줄 몰랐다.

녹상은 잠옷을 입고 있는 소진을 데리고 침상에서 뚝 떨어진 탁자로 가서 앉았다.

"네 방은 없는 거야?"

"네, 오라버니하고 함께 쓰면 되요."

녹상의 물음에 소진은 순진무구하게 대답했으나 녹상은 이해할 수 없다는 표정을 지었다.

"불편하지 않아? 너는 여자이고 열일곱 살인데……."

소진은 방그레 미소 지었다.

"불편하긴요? 오라버니하고 함께 있으면 더없이 든든해서 좋아요. 그리고 제가 곁에서 하나에서 열까지 오라버니 시중을 들어야 하거든요."

"그래도……."

소진의 설명에도 도무탄과 그녀의 특수한 관계를 이해하지 못하는 녹상이다.

도무탄은 운공조식을 하고 있는 동안 녹상과 소진의 대화를 다 들었다.

그래서 그는 운공조식 중에 누가 건들면 주화입마에 들게 된다는 사실을 처음 알게 되었다.

"운공조식을 할 줄 아는 줄은 몰랐는데?"

도무탄이 운공조식을 끝내자 녹상이 침상으로 다가오면서 뜻밖이라는 듯 말했다.

"옆구리는 어떠냐?"

그렇지만 도무탄은 엷은 미소를 지으며 화제를 바꾸었다. 운공조식에 대해서 말하게 되면 권혼에 대해서 말해야 하기 때문이다.

특별히 비밀을 지켜야 할 건 없지만 그렇다고 떠벌리고 싶은 생각도 없다.

"아… 진아에게 약 좀 발라달라고 왔어."

녹상은 생각난 듯 넉살좋게 침상에 길게 옆으로 누우면서 중얼거렸다.

그런데 소진은 언제 나갔는지 실내에 없었다. 도무탄은 할 수 없이 금창약과 깨끗한 헝겊 등을 찾아와서 녹상의 치료를 시작했다.

녹상은 옆으로 누워서 상의를 가슴 아래까지 들어 올리고 지그시 눈을 감고 중얼거렸다.

"권혼 상자 열어봤어?"

"그래."

녹상은 쓰다듬어 주는 것이 기분 좋은 고양이처럼 얌전한 자세로 중얼거렸다.

"어제 독고지연을 날려 버린 게 그거였지?"

"응."

녹상은 그것에 대해서는 흥미가 전혀 없는 것처럼 무미건조하게 물었고 도무탄은 짧게 대꾸했다.

"그럼 아까 하던 운공조식은……."

이번의 질문은 짧은 대답으로는 불가능했다. 대답하지 않아도 되지만 그러면 괜한 의심을 사게 될 것이고 구태여 녹상에게까지 대답하지 못할 일은 아니다.

"권혼에 있던 거야."

"그렇구나."

도무탄은 옆구리 치료를 끝냈다.

"등도 해줄까?"

녹상은 말없이 일어나 돌아앉아서 상의를 훌러덩 벗고는 엎드렸다.

그녀는 의원이 자신의 몸에 손을 대는 것조차도 질색하고 또 다른 사람에게 병적으로 차갑게 대하는데 도무탄에게만은 그러지 않았다.

아니, 처음에는 도무탄을 거칠게 대했었지만 점차 나아지더니 이제는 나긋나긋할 정도가 되었다.

"음……."

도무탄이 등의 상처에서 헝겊으로 고름을 찍어내자 녹상은 나직한 신음을 흘렸다.

주먹이나 장력(掌力)에 적중된 각전(角錢) 세 개 크기의 둥근 상처를 방치했다가 퉁퉁 부어 곪았었는데 어제 소진이 마차에서, 그리고 도무탄이 서림장에 와서 치료를 해주고 나서는 제법 좋아졌다.

그래도 아직 상처에 고름이 차올라서 짜내야지만 약을 바를 수가 있다.

생살을 도려내는 것처럼 아플 텐데도 그녀는 미약한 신음만 흘릴 뿐 잘 참고 있다.

"널 추격하는 소림사 무승들은 무공이 강하냐?"

도무탄은 깨끗이 고름을 닦아낸 등의 상처에 금창약을 바르면서 물었다.

"소림사 이대제자에 장경각 십팔복호호법들인데 일대일로 싸우면 나하고 팽팽한 수준이야."

"그렇다면 고강한 거로구나."

"그거 날 고강하게 봐준 거야?"

"내 눈에는 상아 네가 매우 고강해 보였다."

도무탄은 소림사 무승들이 산예문에 찾아왔었던 것이나 개방 태원분타에 갔었다는 얘기는 하지 않았다.

녹상을 보호하는 것은 전적으로 도무탄의 책임이다. 그녀와의 거래에 포함되어 있다.

어제도 그러더니 둔부를 치료할 차례인데도 녹상은 스스로 바지를 내리지 않고 가만히 있었다.

슥—

상처는 오른쪽 둔부 아래쪽 쑥 들어간 곳 허벅지와의 경계 부위다.

검에 찔린 상처가 손가락 한 마디쯤 가로로 나 있는데 이곳도 처음에는 심하게 곪았었다.

엎드려 있는 녹상은 고개를 틀어서 도무탄을 핼끔 보더니 빽 소리쳤다.

"들여다보지 마!"

"그러고 싶어서 그러는 게 아니다. 너 같으면 궁둥이 아래쪽 상처를 이렇게 말고 다른 자세로 볼 수 있겠느냐?"

상처가 둔부와 허벅지의 경계 부위라서 상체를 다리 쪽으로 기울여서 마치 계곡 사이를 자세히 들여다보는 듯한 자세를 취할 수밖에 없다.

"그럼 다른 데 보지 말고 상처만 봐."

녹상은 둔부에 잔뜩 힘을 줘서 계곡이 벌어지지 않게 하려고 애썼다.

“더구나 이렇게 볼록하고 커다란 궁둥이 아래쪽의 상처는 더욱 그렇다.”

“뭐… 뭐가 볼록하고 크다고 그래!”

녹상은 뾰족하게 외치면서 궁둥이를 들썩이는데 영락없는 앙탈이다.

“상아.”

“왜?”

꼼꼼하게 약을 바르면서 도무탄이 진지한 목소리로 부르자 녹상의 둔부가 움찔했다.

“부탁이 있다.”

“꿈도 꾸지 마.”

도무탄이 부탁이 뭔지 말하기도 전에 녹상은 찬바람처럼 딱 잘랐다.

“경공술 가르쳐 달라는 게 아니다.”

“그럼 뭔데?”

“죽여야 할 자들이 있는데 네가 좀 도와줘야겠다.”

“얼마 줄 건데?”

어제는 도무탄이 우여곡절 끝에 천상옥화에게서 녹상의 목숨을 구해주기도 했었는데, 그가 도와달라니까 대뜸 돈을 요구하고 있다.

"얼마 받을래?"

"은자 백만 냥."

"주마."

"그럼 할게."

그때 문이 열리고 소진이 커다란 쟁반을 두 손으로 끙끙 안고 들어왔다.

쟁반에는 김이 모락모락 나는 아침상이 잘 차려져 있었다. 그녀는 아침밥을 짓기 위해서 나갔던 것이다.

도무탄은 얼른 가서 쟁반을 받아 탁자에 내려놓고 의자에 앉았다.

"다 끝난 거야?"

"그래."

녹상이 엎드린 자세로 자신의 둔부를 돌아보며 물었다.

"아직 헝겊을 덧대지 않았잖아."

"아… 그건 밥 먹고 해주마."

도무탄은 맛있게 밥을 먹으면서 건성으로 말했다.

상의를 벌거벗은 녹상의 등의 상처와 바지를 무릎까지 내린 둔부의 상처에는 금창약이 범벅으로 발라져 있다.

"밥 다 먹을 때까지 이렇게 엎드려 있으라는 말이야?"

"그게 싫으면 이리 와서 밥 먹든지."

"이렇게 하고 어떻게 밥을 먹어?"

"그럼 기다려."

"야! 도무탄!"

"진아, 이 해정탕(解酲湯:해장국)은 정말 맛있구나."

"많이 드세요, 오라버니."

좀 도와주는 대가로 은자 백만 냥씩이나 요구하는, 돈만 아는 녹상에 대한 도무탄의 작은 복수다.

도무탄은 밤을 새워서 운공조식을 했는데도 불구하고 피곤함을 조금도 느끼지 못했다.

아니, 오히려 평소보다 심신이 몇 배나 더 상쾌하고 또 활기가 넘쳤다.

그는 그 이유가 역설적이긴 하지만 아마도 밤새 운공조식을 했기 때문이라고 생각했다.

그는 밤새 약 백여 번 이상 운공조식을 했었다. 권혼심결의 첫 번째 구결, 즉 일 초식을 오십 번 정도 했고, 이 초식과 삼 초식 합쳐서 오십 번쯤 했었다.

밤을 꼬박 새워서 시간 가는 줄 모르고 운공조식을 할 수밖에 없었던 이유가 있었다.

운공조식을 한 번 할 때마다 모르고 있던 것을 조금씩 깨우쳤기 때문이다.

뿐만 아니라 운공조식을 하면 할수록 머리가 맑아져서 잠이 달아나고 온몸에 전에는 못 느꼈던 힘이 불끈불끈 샘솟았기 때문이다.

그러나 뭐니 뭐니 해도 가장 큰 소득은 권혼심결 일 초식을 운공하는 시간을 대폭 줄였다는 점이다.

원래 처음에는 오른팔의 권혼에 가공할 힘을 불어넣기 위해서는 약 반각 운공조식해야만 했었다.

그런데 지난밤에 일 초식만 연이어서 계속 운공조식을 하다 보니까 시간이 조금씩 단축됐다.

그러다가 오십여 번의 마지막 운공조식을 할 때쯤에는 한 번 운공조식을 하는 데 걸린 시간이 불과 열 호흡이었다. 그냥 머릿속으로 구결을 한 번 슥 훑으면 운공조식 한 차례가 끝나 버렸다.

반각이 하룻밤 오십여 차례의 운공조식을 꾸준히 한 결과 열 호흡으로 줄어든 것이다.

그것은 곧 가공한 위력의 오른 주먹을 한 번 사용한 후에 두 번째 사용하는 데 걸리는 시간이 열 호흡으로 줄었다는 뜻이다.

권혼심결 이 초식과 삼 초식을 오십여 번 운공조식해서 얻은 것은 분명히 있었다.

아니, 얻었다기보다는 느꼈다고 해야 옳다. 이 초식이 그리고 삼 초식이 무엇을 위해서 존재하는지 어렴풋이 느꼈지만 아직 확실한 것은 아니다.

* * *

무림에서 크게 이름을 날리기로 목표를 정한 도무탄은 진권문의 일 때문에 발목이 잡혀 있는 게 싫었다.

그는 잘못한 것이 눈곱만큼도 없다. 오히려 잘못한 자들은 진권대협 방현립과 방아미 등 그의 일족과 제자들, 진권문 패거리다.

그런데도 그들은 버젓이 백주대로를 활보하고 다니는데 어째서 피해자인 도무탄이 숨죽인 채 숨어서 지내야 하느냐는 말이다.

며칠 전까지만 해도 도무탄은 자신을 죽이려고 했던 세 명의 괴한과 배후인물 등을 자신의 손으로 직접 죽이는 것을 지상목표로 삼았었으나 이젠 아니다.

지금은 하루빨리 그들을 모두 죽이고 저 넓은 무림으로 달려나가고 싶은 마음이 간절했다.

무림으로 가서 천상옥화도 죽이고 여기저기 돌아다니면서 영웅호걸도 만나면서 숱한 경험을 만들고 싶었다.

도무탄은 녹상의 옆구리 상처가 웬만큼 나아서 움직이는데 지장이 없기를 기다리느라 닷새를 보냈다.

그 닷새 동안 그는 자신의 방에 틀어박혀 주야장천(晝夜長川) 오로지 권혼심결만을 운공조식했다.

그 결과 일 초식을 한 번 운공조식 하는데 열 호흡 걸리던 것을 무려 다섯 호흡으로 줄일 수 있었다.

그야말로 장족의 발전이지만 아직도 도무탄의 성에는 차지 않았다.

싸움 중에는 다섯 호흡이 아니라 한 호흡 짧은 순간에도 서너 번 이상 죽을 수 있는 것이다.

그리고 권혼심결 이 초식과 삼 초식이 무엇인지 확실하게 알아냈다.

하지만 알아내기만 했을 뿐 실전에서 전개할 수 있을 정도는 아니다.

해시(亥時:밤 10시경)무렵. 도무탄은 복수를 하기 위해서 녹상과 단둘이 곧장 진권문으로 쳐들어갔다.

그렇다고 해서 진권문 전문을 박살 내고 정면으로 돌격해서 들어간 것은 아니다.

아무리 녹상이 있다고는 하지만 태원 최고문파인 진권문 전체를 상대로 싸우는 것은 무리일뿐더러 그러는 것은 머리가 텅 빈 자들이나 하는 짓거리다.

도무탄이 죽여야 할 자는 진권대협 방현립을 비롯한 십여 명이지 진권문 전체가 아니다.

삭—

과연 천하제일도둑 녹향의 진전을 고스란히 물려받은 녹상의 경공술은 단연 일절이다.

그녀는 진권문의 뒤쪽 담을 넘어 불과 다섯 호흡 만에 진권문주의 거처 지붕에 마치 가랑잎 하나가 내려앉듯이 살짝 내려섰다.

그것도 등에 도무탄을 업은 상태다. 그의 키와 체구가 워낙 큰 반면에 녹상은 아담한 체구여서 마치 아이가 어른을 업고 있는 듯한 모습이다.

그런데도 그녀가 지붕에 내려서는데 기왓장이 깨지기는커녕 아무 소리도 나지 않았다.

사사사—

녹상이 전각 지붕을 평지처럼 내달리자 업혀 있는 도무탄은 발이 지붕에 닿을까 봐 그녀를 부둥켜안고 두 다리를 번쩍 들어 올렸다.

그런데 어느 순간 도무탄은 갑자기 머리가 핑그르르 돌면서 피가 머리로 다 몰린 것처럼 어지러움을 느꼈다.

뿐만 아니라 머리를 아래로 한 채 머리 쪽으로 빠르게 추락

한다고 느낀 순간 두 팔로 녹상을 더욱 힘껏 끌어안았다.

'우우…….'

녹상은 어느새 처마 끝에 발등을 살짝 걸치고서 거꾸로 매달린 마치 박쥐같은 자세로 아래쪽 창 틈새로 실내를 살펴보고 있었다.

그녀가 그런 자세니까 업혀 있는 도무탄은 어떻게 되겠는가. 만약 다급히 두 팔로 그녀를 끌어안지 않았더라면 칠팔장 아래로 추락하여 머리가 박살 나고 말았을 것이다.

그런데도 그녀는 조심하라거나 꼭 잡으라는 주의의 말이 일체 없었다.

스으…….

녹상은 거꾸로 자세에서 어느새 처마 끝에 똑바로 우뚝 서더니 냉랭하게 전음을 보냈다.

[터지겠다.]

피가 머리에 몰렸다가 자세를 똑바로 하자 머리끝이 쭈뼛거리느라 정신이 없는 도무탄은 녹상의 말이 무슨 뜻인지 알아듣지 못했다.

[젖 터진다고!]

그녀가 전음으로 고함을 빽 질러서야 도무탄은 자신이 두 손으로 그녀의 풍만한 젖가슴을 힘껏 잡고 있다는 사실을 깨달았다.

그렇지만 지금 상황으로썬 도무탄은 그녀의 젖을 놓을 생각이 없다. 그랬다가는 알지도 못하는 순간에 떨어지고 말 것이기 때문이다. 더구나 작고 아담하며 가녀린 몸매의 그녀라서 어디 잡을 곳이 마땅치가 않은데 젖은 그야말로 훌륭한 손잡이다.

도무탄은 진권문에 여러 차례 와봤었고 문주 방현립의 거처도 수시로 드나들었기 때문에 눈을 감고서도 찾아갈 수가 있을 정도다.

스으…….

어두컴컴한 낭하(廊下)를 도무탄을 업은 녹상이 미끄러지듯이 진행하다가 어느 방문 앞에 멈추었다. 그곳은 진권대협 방현립의 방이다.

『등룡기』 2권에 계속…